Avertissement

Ce livre est une fiction. Cette fiction s'appuie sur un fait réel, le massacre le 25 août 1944 à Maillé de 124 personnes, hommes, femmes, enfants, animaux d'élevage ou domestiques par des soldats allemands. Les personnages de Joseph Delépine et Josef Arbogast, imaginaires, sont les figures des rescapés pour l'un, des criminels pour l'autre. Ce récit n'a d'autre but que de rendre hommage aux habitants d'un village martyr, longtemps oublié, auxquels justice n'a pas été rendue et d'essayer de répondre au pourquoi que posent toutes les victimes sans esprit de vengeance, dans leur recherche d'une explication humaine de ce qu'elles ont vécu. C'est après avoir visité la Maison du Souvenir à Maillé que l'envie d'écrire cette nouvelle épistolaire m'est venue.

D.L

« *Hitler n'était personne. Il était juste la totalité des gens qui le suivaient.* »

Christian Bobin

Le Muguet Rouge

Gallimard

« *La seule chose que l'on puisse espérer, c'est que l'un d'eux veuille libérer sa conscience et parle.* »

Serge Martin

Prologue

À la seconde où le cri d'une effraie zébra les ténèbres sans âme, Margot s'éveilla sans distinguer le rêve du réel. Le chuintement la fendit dans une brûlure la contraignant à s'asseoir dans son lit. Le strix savourait une proie repérée dans l'obscurité, à moins que le rituel insomniaque s'annonçât désormais dans un déchirement de trompette éraillée. L'ouïe, médium d'une nécessité de conscience, approfondissait en elle une lézarde, au détriment du souffle qu'elle finissait par abandonner à la fatigue. Je suis une veilleuse. Il faut que quelqu'un rende compte des heures oubliées, au risque de n'être jamais consolée, ni par le repos ni par l'insouciance. Le rapace signait dans sa chair l'obligation de garder les yeux ouverts.

La lettre ! Calée contre son oreiller, Margot eut l'impression de se vider de son sang en se remémorant le courrier arrivé la veille et déposé à midi sur le coin de la maie, dans l'immense salle à manger capable d'accueillir une vingtaine de vendangeurs au début de l'automne. L'enveloppe en kraft se distinguait des prospectus de la banque ou des compagnies d'assurance. Sur le moment, elle n'y avait guère prêté attention, rassemblant le tout en une pile qu'elle lirait plus tard. Le mois de mai étant synonyme d'épamprage, la vigne ne pouvait attendre, car le personnel manquait au Domaine de l'Épine tant les jours fériés s'enchaînaient aux week-ends. Elle s'occuperait de tout cela le soir venu, attablée seule au bout de la table, bercée par le balancier irréprochable de l'horloge. Mais à l'heure du dîner, elle avait oublié, sa pensée retournant aux commandes du jour, aux touristes visitant son chai, à l'entretien avec son commercial au sujet de sa fameuse cuvée Tufelle. Puis il avait fallu passer du temps à chercher de futurs saisonniers, s'accorder un quart d'heure de messagerie avec son fils Étienne parti faire des études d'agronomie, réchauffer un reste de coq au vin qu'elle n'avait touché que du bout de sa fourchette tant elle tombait de fatigue. Maintenant, au milieu de la nuit, peinant à respirer, elle se reprocha d'avoir retardé l'ouverture de l'enveloppe, intuitivement avertie d'une menace avant la lecture de son contenu.

Depuis combien d'années attendait-elle que la montagne lui tombe sur le dos ? Lorsque petite fille, elle avait surpris son père assis sur une grosse pierre dans le soleil du matin, en larmes, face au paysage baigné de lumière, elle avait accepté d'enfouir en elle cette peine révélée par un instant de grâce. Elle n'avait pas obéi à sa première envie de courir le consoler, de le serrer contre elle pour l'obliger à se redresser, à demeurer l'homme fort, l'arbre tutélaire de la famille. Sans qu'il l'aperçoive, elle avait mesuré sa fragilité et, tombé à genoux, il ne l'eût pas davantage lacérée de chagrin. Jamais elle ne s'était autant sentie sa fille qu'en cet instant. Quelle que fût la croix paternelle, elle l'endossa dans une compassion immédiate. C'était un secret, pas même partagé, une capacité identique de se soumettre à la douleur. Elle ne savait rien des raisons qui avaient motivé les larmes de son père. Elle supposait que la beauté entrevue d'un rayon de soleil hachurant la terre pouvait suffire à éveiller une émotion violente. Il se peut qu'elle n'ait pas voulu croire à la présence assoupie d'une échancrure du cœur. Il se peut qu'elle ait voulu oublier quel homme écartelé se tenait en son père. Sa droiture, sa bonté, sa générosité discrète, son courage d'ouvrier attelé aux tâches de la vigne, sa patience de patron comptant les jours, l'un après l'autre, ni plus ni moins philosophe, tout cela semblait une nécessité pour vivre aux yeux de tous, le destin quotidien d'un homme de son temps. L'homme intérieur, inhumé dans ce corps puissant, se révélait rarement. Chacun respectait en Joseph Delépine cette faculté d'avoir assoupi les vibrations d'un traumatisme dont nul ne parlait devant les enfants. Margot, sa fille unique, n'aurait troublé pour rien au monde cette reddition à la palpitation du jour. Le père et la fille battaient du même souffle.

Cette sensation de devoir porter le monde sur ses épaules devait aboutir ici, en pleine nuit. Il suffisait de se lever, de récupérer l'enveloppe brune, de prendre le temps de faire un long café très chaud, de s'installer dans un fauteuil, de s'envelopper d'un plaid pour protéger ce qui restait d'enfance, de déchirer l'enveloppe, écrasée de solitude avant la nouvelle aube.

L'encre noire, sinuant en méandres parfaits dès l'écriture de son adresse, perfuserait lentement son sang empoisonné. L'aurore serait baptisée dans le sang et le soulagement. Encre de charbon, noir d'ébène, nuit de ténèbres.

Lettre de Josef Arbogast à Margot Delépine

Josef Arbogast
Mai 2022
L… en Allemagne
À Margot Delépine
Domaine de l'Épine
37500 Crouzilles

Margot,

Pardonnez-moi tout d'abord d'écrire votre prénom plutôt que le conventionnel « Madame » censé marquer la distance qui nous sépare. Il me semble que la déférence ne serait qu'une politesse entre inconnus. Bien que ne vous ayant jamais rencontrée, et doutant que vous vouliez jamais faire ma connaissance, nous sommes l'un à l'autre liés par un fil rendu invisible au gré de l'histoire que je vais vous soumettre. Sa lecture vous plongera dans des affres inévitables dont j'ignore les conséquences, pour vous comme pour moi. Je ne suis d'ailleurs pas tout à fait certain de comprendre les raisons me poussant à vous écrire, si ce n'est qu'il est facile à un vieillard de quatre-vingt-quinze ans de se retourner pour contempler le champ de ruines que fut sa vie et d'envisager son issue lamentable. Cette lettre cependant soulagera moins ma conscience qu'elle n'obscurcira la vôtre et j'imagine qu'il faut m'en excuser. Ces précautions préalables masquent une retenue contre laquelle je lutte aujourd'hui dans le seul espoir que mes mots porteront l'éclat noir d'une lumière bienvenue sur des événements dont je ne peux deviner ce que vous en savez. Si votre vie s'est passée dans leur ignorance, je vous promets de les décrire lucidement sans en retrancher la moindre part de vérité. Cela au moins je vous le dois.

J'ai appris la mort de votre père il y a trois mois. Lorsque j'ai lu son nom dans un journal régional où l'on rendait hommage au travail de toute sa vie, j'ai compris que le temps était venu de rompre le silence. Jamais, de son vivant, je n'ai pu m'exprimer et vous pouvez, Margot, mettre cela sur le compte de la lâcheté. N'est-ce pas la laisse qui m'a mené toute ma vie ? Je ne suis pas un homme d'honneur et pour l'Allemand que je suis, l'avouer est la seule victoire que je puisse revendiquer. Joseph est mort à quatre-vingt-cinq ans et je l'envie d'avoir tiré sa révérence à un âge honnête. J'aurais aimé pour moi-même m'en tenir à une vie plus courte. J'aurais pu, il est vrai, en finir par mes propres moyens. Là encore, la peur doublée d'une certaine attente m'en a empêché. Cette attente, sourde, misérable, fut le contraire d'une espérance. Elle fut un défi lancé au destin, celui d'être retrouvé, jugé et condamné avant de croupir au fond de je ne sais quelle cellule. J'ai évité la geôle des hommes en m'enfermant de plein gré dans une prison de peur.

Vous vous étonnerez peut-être que j'évoque Joseph comme si je l'avais fréquenté. En réalité je ne l'ai rencontré que trois fois. Les deux dernières, dans le cadre de son négoce. La première en revanche nous a, l'un comme l'autre, marqués à jamais. Voilà pourquoi je vais d'abord me présenter à vous, afin que vous sachiez à qui il eut affaire lors de cette rencontre inoubliée, hélas. Il est vraisemblable que mon nom ne vous dise rien, car j'ai lu également dans certaines parutions que les protagonistes des faits que je vais dérouler sous vos yeux ont, par leur attitude tacite – y compris entre eux – gardé longtemps un silence qui nous a profité. Ce *nous* renvoie à un troupeau de recrues que la fin de la guerre a jeté dans l'horreur. Je n'ai revu aucun de mes anciens camarades dont la plupart doivent être morts et dont il n'y a rien à dire, sinon qu'ils furent, comme moi, des assassins. Mon patronyme de souche alsacienne m'a plusieurs fois sauvé de situations embarrassantes, d'autant mieux que l'accent de mon français pouvait selon cette origine lui être attribué. Vous aurez remarqué que je ne vous indique pas la ville d'où je vous écris. Habitude d'homme traqué ou supposant l'être, qui n'a pourtant plus rien à craindre étant assuré de sa mort prochaine. Enfin, si vous vous interrogiez sur la qualité de mon expression française, sachez que lorsque j'ai eu vingt ans, bourlinguant au gré de fuites forcées dans des contrées dont beaucoup étaient francophones, j'ai appris votre langue, avec un entêtement imputable à une réflexion chaotique obsédée par mon passé.

Je suis né à Berlin à la fin de 1927 d'une famille bourgeoise nationaliste. Je n'avais pas encore dix-huit ans lorsqu'en 1944, cantonné à Châtellerault, dans le Feld-Ersatz-Bataillon de la 17ᵉ Panzer grenadier Division SS, dite Götz von Berlichingen, l'ordre nous fut donné de nous rendre à Maillé, à moins de vingt kilomètres de chez vous, où le 25 août furent massacrés 124 habitants de tous âges. Avant de vous relater le déroulement de ces heures sombres, je crois savoir que la preuve de notre participation n'a pas été apportée à ce jour. Qu'importe si mon histoire n'est pas l'Histoire ! Le temps jouera son rôle et moi je suis bien placé pour savoir comment les choses se sont enchaînées.

Vous vous demanderez sûrement comment d'aussi jeunes hommes pouvaient être intégrés à des divisions militaires d'importance. La nôtre, une des 38 de la Waffen-SS, ne fut créée qu'en octobre 1943 à partir d'éléments disparates et de jeunes recrues représentant un appoint non négligeable. À la fin de l'été 1944, une partie de notre bataillon de réserve resta en stationnement à Châtellerault. Or, une embuscade au nord de Maillé entre des résistants et des véhicules allemands eut lieu la veille du massacre. Prétexte magnifique pour des représailles inéluctables ! Si je ne veux pas, Margot, vous rapporter les faits à la façon d'un reporter, je me sens malgré tout obligé de vous éclairer en quelques mots sur l'origine du martyre d'un village oublié. Oublié, car il est advenu le jour de la libération de Paris. « Les rires à Paris, les larmes ici ». Voilà ce que j'ai entendu après coup dans nos rangs. Nous étions voués à la vengeance, à la haine, à l'arrogance. La race supérieure pouvait trébucher, mais non tomber. Près de quatre-vingts ans après les faits, il m'arrive encore d'être capable exprimer les certitudes du jeune homme que j'étais et dont j'aurais dû répondre, d'aussi loin que je me souvienne de lui. Je le porte en moi, collé comme une ombre, ce grand adolescent qui m'est devenu étranger et pour lequel il n'existe pas d'amnistie de la mémoire. Qui voudrait ne pas s'en souvenir ? Joseph a dû se le rappeler chaque jour et vous-même y songerez désormais Margot, car le ressentiment est une béquille pour la survie. Le pardon qui le dépasse est un choix inaccessible. Cette lettre n'a donc pour but qu'une unique question et pour votre malheur, c'est vous, et non votre père, que j'ai choisie pour y répondre. Suis-je encore un homme ? Lisez ce qui suit et le reste de vos années suffira à peine à trouver la réponse. Je ne serai plus là pour l'entendre.

Je suis entré aux Jeunesses hitlériennes un peu après mes dix ans. Rien à voir avec je ne sais quel regroupement de scouts appelés à se comporter solidairement dans la nature, à se construire en société, altruistes, responsables. Nous, nous étions les futurs surhommes aryens, préparés pour servir le Troisième Reich. Et quand j'écris préparés, entendez de véritables entraînements paramilitaires comprenant le maniement d'armes, les défis physiques, les compétitions entre camarades, dans une volonté permanente de se donner tout entier à la patrie et d'anticiper une guerre. D'abord au sein de la Jungvolk sous le nom familier des *Pfimpfe*, puis dans la Hitlerjugend, j'ai porté l'uniforme commun, chanté les hymnes imposés, jusqu'à faire fi de l'école, de la famille et de l'Église bien sûr. Mes parents, pourtant très favorables au Führer, sont passés au second plan. La preuve en est que, la guerre terminée, je ne les ai pas revus. Que sont-ils devenus ? Je n'en ai aucune idée, n'ayant jamais cherché à obtenir de leurs nouvelles, trop pressé de me sauver moi-même. J'imagine qu'à l'image des Allemands de leur milieu conformiste ayant voté pour un homme aux convictions redoutables, ils sont après coup rentrés dans le rang pour employer ici une expression militaire et qu'ils n'ont pas fait de vagues. Ai-je agi différemment, moi qui n'ai eu de cesse de fuir, de me cacher, de me faire oublier ?

Il faut ici que je vous présente Jacek. Jacek Piotrowski. Ce très chrétien Polonais fut mon seul ami. Si je l'évoque à ce moment de mon récit, c'est que c'est grâce à lui que j'ai survécu pendant et après la guerre. Sans lui, je serais peut-être retourné au bercail. J'aurais sollicité quelques protections particulières que mes parents auraient activées. J'aurais bénéficié des arrangements entre amis sur lesquels savent pouvoir compter les membres de certains milieux tièdes, que leur argent protège de la foudre. La guerre m'a sauvé, j'ose écrire le mot, de cette médiocrité. Elle m'a aussi permis de fréquenter un être d'exception. Jacek était un de ces enfants polonais arrachés à leurs parents après avoir été repérés par des infirmières dévouées à la cause, parce qu'ils correspondaient aux critères raciaux attendus par notre Führer. Il avait à peu près le même âge que moi lorsqu'il fut « adopté » par la famille d'un cadre du parti, habitant à quelques rues de la nôtre. Il mesurait une tête de moins que moi, ce qui ne l'a jamais empêché d'avoir sur moi un ascendant singulier qui ne peut s'expliquer que par d'obscures volontés d'en remontrer à un descendant légitime de la race. Sa victoire à lui fut de ne jamais pleurer devant personne et si à l'évidence les siens lui manquaient, il choisit d'apparaître comme le plus zélé petit soldat que le système pensait pouvoir produire à la chaîne, et ce à seule fin d'en prouver l'inanité. Cette démonstration ne fut jamais appréciée à sa juste valeur et Jacek, prisonnier de ses propres apparences, fut au contraire érigé en modèle au sein des *Pfimfe*. Un peu d'orgueil fit le reste. Au lieu de faire marche arrière en sabotant les efforts de notre institution, il mit un point d'honneur à en surpasser les attentes. Lorsque nous ployions sous l'effort d'exercices répétés, son petit corps blond sortant à peine de l'enfance demeurait hiératique, ignorant la souffrance. Les coups, les brimades ou les humiliations que certains camarades jaloux lui infligeaient en douce n'avaient pas de prise sur lui. L'autorité ne l'affectait pas. Son silence valait consécration. Je l'admirais pour l'exigence qu'il s'imposait, toujours un cran au-dessus de celle censée nous subordonner. Je pensais en moi-même que Jacek ne serait jamais un Allemand et j'avoue que, malgré l'échec mortifiant que représentait son cas, il m'inspira étonnement et considération. Cependant, je ne pouvais m'empêcher de vouloir le rabaisser pour l'obliger à reconnaître en moi la souche originelle de la puissance. Chaque fois que je m'y employai, par des phrases ou des actes désobligeants, il me répondit d'un sourire souverain me renvoyant à ma misère d'âme. Je compris vite que je ne le briserais pas et par un retournement dont est capable la jeunesse, je lui vouai dès lors une passion exclusive. J'étais mâté par un mioche polonais qui m'arrivait à l'épaule et sa gueule de petit prince fut l'objet de mon premier amour. Ne vous méprenez pas Margot. Il ne s'agit pas là d'une amitié d'enfance aux relents d'une sexualité qui se cherche. J'avais simplement entériné le fait que Jacek m'était supérieur en tout, jusque dans son apparence d'ange blond à côté duquel le Berliner que j'étais se serait cru mâtiné de gènes méditerranéens. Notre amitié eut un acte fondateur, un simple match de boxe.

C'était un sport encouragé au sein de nos groupes de gladiateurs en culotte courte. La confrontation entre garçons était l'occasion de montrer ses muscles, d'afficher une suprématie de mâle dominant, d'en imposer aux plus faibles comme nous devrions le faire plus tard sur les champs de bataille. Le vainqueur d'un match était loué par ses condisciples tout autant que par ses supérieurs. Il n'était pas question d'esquiver les coups. Nous nous battions pour de vrai comme diraient les enfants d'aujourd'hui. C'est pourquoi il n'était pas rare que soient infligées des blessures conséquentes qui n'inspiraient que mépris à la plupart des adolescents si elles affectaient le vaincu. Le gagnant, lui, pouvait arborer une lèvre fendue en deux, une arcade sourcilière en sang ou un nez écrasé. C'étaient là des médailles honorables et enviées. Ceci pour vous faire comprendre Margot l'état d'esprit dans lequel on nous élevait. Vae victis ! Première devise.

Par un choix cruel, on nous désigna, Jacek et moi, adversaires pour un match de l'art noble. Cruel pour moi, car malgré sa plus petite taille, le Polonais était si agile et malin qu'il semblait impossible que le gosse réservé que j'étais ne prenne pas une raclée, ce qui aurait fait plaisir à plus d'un coquelet me détestant à cause de mes origines favorisées. Cependant, j'étais peut-être timide, mais pas dégonflé. Lorsque je me retrouvai devant le loustic, je me campai dans une stature académique qui en imposait. Loin d'être impressionné, Jacek se ramassa sur lui-même avant d'entamer une attaque fulgurante, m'assénant un crochet du droit qui faillit me mettre au tapis d'emblée. Je conservai mon équilibre et compris qu'il allait tourner autour de moi sans répit, telle une mouche énervant sa victime sans se lasser. J'optai pour un jeu de jambes qui devait l'assurer de l'impossibilité de m'abattre et pour une défense fermée à tous ses assauts. Finalement notre duo, parfaitement complémentaire, s'apparenta à une danse virile où chacun des partenaires joue sa partie sans changer de stratégie. Rien ne put nous départager et notre juge, un moniteur appelé à devenir officier, déclara le match nul. Jacek et moi nous sourîmes. Nos chefs pouvaient être fiers de nous. Nous étions trempés dans le même acier. Depuis ce jour, aucun de nous n'a manqué à l'autre, même si Jacek, par son caractère débrouillard, prit toujours l'initiative dans nos décisions. Je l'aurais suivi les yeux fermés. Lui puisait en moi une certaine philosophie placide qui lui faisait défaut. Sans Jacek, je serais mort. Grâce à lui, j'ai appris à survivre.

Depuis ce fameux match, nous ne nous quittâmes plus et Jacek eut quelquefois l'heur de s'en réjouir. À plus d'une occasion, il eut maille à partir avec nos compagnons pour un sujet de moquerie que vous allez comprendre. Il faut dire, et je ne vous l'ai pas encore signalé, qu'en réalité il ne s'appelait plus Jacek Piotrowski, mais depuis qu'il se devait d'être Allemand, Jakob Bruder. Il devenait facile à l'un des morveux de notre section de nous croiser en chantant le célèbre *Bruder Jakob, schläfst du noch*, c'est-à-dire, dans votre langue, Frère Jacques, dormez-vous ? À l'instant même, je répondais d'un coup de poing dans l'épaule de l'audacieux avant une correction plus expéditive. Jacek, les premières fois, m'en voulait d'intervenir puis finit par se laisser faire, appréciant ce geste de grand frère. Bientôt notre réputation de binôme invincible nous valut une paix qu'on nous conserva jusqu'à la fin de la guerre où, dès l'instant où nous dûmes fuir ensemble, je redonnai à *mein Kamarad* son nom d'origine. Jacek Piotrowski naquit et demeura Polonais jusqu'à la fin de ses jours, quoiqu'il en ait coûté à notre orgueil.

De notre douzième année à notre incorporation dans la Waffen SS, notre vie fut égale à celle de tous les jeunes compatriotes obligés, j'insiste sur le mot, à cet embrigadement d'une génération perdue pour la légèreté. Éloignés de nos parents, nous avons goûté aux jeux de la guerre grâce à des entraînements militaires programmés, imbibés de théories raciales que nos jeunes cerveaux ont intégrées d'autant plus facilement, qu'en comparaison de ces êtres inférieurs que sont les Juifs et les bolchéviques, nous nous étions hissés au rang de jeunes dieux. Nous paradions tels des héros et ceux que la performance et l'excellence rendaient malheureux, nous les brocardions avec un tel mépris que plusieurs trouvèrent une issue dans le suicide. Ce ne fut bien sûr jamais le cas pour Jacek et moi, nous soutenant l'un l'autre lorsqu'il nous arrivait de regretter notre vie d'avant. Nous nous représentions la gloire de nos aînés de la Wehrmacht à laquelle nous serions bientôt associés.

Lorsque nous eûmes quinze ans, nous fûmes appelés sur le Front intérieur. Je vous prie de croire, Margot, que ce ne fut pas une partie de plaisir. Moissons, usines, mines, les tâches auxquelles nous devions nous atteler nous éreintaient et ce fut la réelle première fois que nous eûmes lieu de nous féliciter d'avoir endurci notre corps par le biais d'exercices physiques sans cesse répétés. Seul, j'aurais baissé les bras. Avec Jacek, je poussai plus loin mes performances. Je m'enorgueillis de penser qu'il en fut de même pour lui. Après 1943, là où des bombardements laissaient la population exsangue, nous devions ramasser les cadavres sous les décombres. L'horreur des corps déchiquetés, parfois encore en vie, le sang, le sang partout, l'odeur des cadavres, la putréfaction, les rats courant sur les dépouilles, le combat contre les corbeaux picorant les yeux ouverts des blessés à l'agonie, les membres écartelés des enfants sous les pierres, tout cela, nous l'avons vu, touché de nos mains adolescentes, senti, soulevé, palpé. Nous ne vîmes plus en ces charognes que des carcasses de viande débitées par de monstrueux bouchers. Nous nous fîmes croque-morts, indifférents et froids à force de trimballer des troncs, des bras, des jambes, des têtes, dépareillés. C'est là, me semble-t-il que nous avons perdu ce qui nous restait d'âme. Le très chrétien Polonais se signa une dernière fois à Hambourg et pour ma part, je contemplai l'arc du ciel vomissant sur la terre des trombes rouges et grises dans l'incendie du monde. Les jeunes dieux se métamorphosèrent en messagers de mort. Les héros se muèrent en anges noirs dépouillés de leurs ailes frivoles. Seule la chair existait et toutes les chairs étaient souffrantes. Nos cœurs se fermèrent à la douleur, nous devînmes des guerriers.

Au printemps 1944, nous fûmes donc, avec plusieurs de nos compagnons des Jeunesses, versés au contingent d'une division que j'ai évoquée plus haut, élaborée à partir de nouveaux éléments, la 17e SS-Panzer-Grenadier-Division, celle dite « à la main de fer » dont le commandement était alors assuré par l'Oberführer Ostendorff. Cette division était établie au sud de la Loire et son poste de commandement basé à Thouars. Quelques-uns de ses membres étaient des soldats revenus du front de l'Est. Nous, nous n'avions pas encore dix-sept ans lorsque nous côtoyâmes ces vrais braves à côté desquels nous ressemblions à des moucherons arrogants. Nous fûmes accueillis sans illusions, jeunes fanatiques qui nous croyions invincibles, quand l'heure venait où nous devrions faire nos preuves en Normandie et montrer là toute notre bravoure afin d'impressionner ces aguerris revenus de l'enfer qui nous regardaient de haut. Mais avant d'en venir au cœur de cette lettre, permettez, Margot, que je vous représente un aspect sympathique de notre stationnement en France, un rien romantique. Après tout, puisqu'il vous reviendra de me juger, ne devez-vous pas connaître les facettes plurielles de l'homme que je m'apprêtais à devenir ?

Nous étions à l'âge où nos pensées, lorsqu'elles n'étaient pas accaparées par l'entraînement et le travail, se portaient exclusivement sur la gent féminine. En temps normal, cela aurait paru naturel. En temps de guerre, nous étions des chasseurs. Après tout, les dieux ne se sont jamais montrés frileux en ce domaine. Il se trouve que non loin de notre casernement s'élevait un immeuble cossu dont le rez-de-chaussée était occupé par une boulangerie tenue par un homme gigantesque que nous ne voyions que le dimanche après-midi, lorsque sa tâche le rendait à sa famille. Celle-ci se composait d'une boulangère accorte répondant au nom de Sonia et de leur fille Anieta, alors âgée de dix-neuf ans. Le fournier n'étant pas là pour surveiller la donzelle dans la journée et Sonia étant coincée derrière son comptoir, il fut aisé à Jacek de l'approcher lors d'une sortie autorisée. De mon propre chef, je n'aurais pas eu l'audace de l'aborder, mais pour un garçon tel lui, ce fut un jeu d'enfant. Aux prénoms de la mère et de la fille, entendus à la dérobade, il reconnut une ascendance polonaise et je l'ai vu blêmir de joie de rencontrer d'authentiques compatriotes dont nous sûmes plus tard l'histoire française. Il serait trop long de vous la décrire ici. Mais sachez que le père, lors d'un séjour en Pologne à l'issue de la Première Guerre, ramena dans ses bagages une Sonia toute fraîche qu'il épousa à Châtellerault où il reprit la boutique de son patron boulanger dont il était le mitron avant les hostilités. L'émoi de Jacek devant la grande fille blonde, à la peau de neige et au sourire coquin m'apprit, si j'en doutais encore, que malgré les presque dix dernières années passées à Berlin, mon ami n'avait rien oublié de ses filiations d'enfance.

Nous étions alors apprentis mécaniciens, notre unité étant dévolue aux blindés, et nous avions l'aval de notre supérieur pour nous rendre en ville acheter de l'huile de moteur lorsque nous en étions à court. Figurez-vous que depuis sa rencontre avec la fille du boulanger, Jacek trouvait que l'huile manquait de plus en plus fréquemment. Nous partions alors vers un garage qui accepterait bon gré mal gré de nous dépanner. Jacek retrouvait Anieta en cachette et moi, je courais m'enquérir du précieux fluide. Mais à tenir la chandelle – c'est bien comme ça que l'on dit, n'est-ce pas ? – je commençai à trouver le temps long. C'est alors qu'Anieta, à la demande de Jacek, me présenta Rose, sa meilleure amie. Imaginez un brin de fille aussi brune que l'autre était blonde, à la silhouette parfaite, dont les rondeurs retenaient quelque chose de l'adolescence, aux yeux noisette enjôleurs, aux lèvres peintes d'un pourpre profond, à la peau parfumée de fleurs et vous aurez le tableau de celle pour qui je m'enflammai dès le premier regard. Rose et Anieta rivalisaient d'ingéniosité pour organiser des rendez-vous illicites où nous passions le plus clair de notre temps à les bécoter dans le cou et autres mignardises qui bientôt ne nous suffirent plus. Nous étions des gaillards quasi achevés et seule manquait à nos yeux pas encore décillés, l'ultime victoire dont le récit ferait pâlir les bleus au réfectoire. Nos demoiselles n'étant pas plus farouches que cela, nous décidâmes d'un après-midi à Cythère dans la maison de Rose, un jour que ses parents devaient s'absenter. Nous promîmes les précautions d'usage et prévoyant, Jacek, contre trois paquets de cigarettes volés à je ne sais qui, ouvrit devant moi sa main cachant une dizaine de préservatifs. Que de joies en perspective ! Il ne faudrait pas, rigola mon ami, laisser derrière nous, des bâtards semi-teutons qui ne seraient que des demi-dieux ! C'est ainsi que nous nous retrouvâmes, chaque couple dans une chambre de la maison familiale, guidés par des jeunes filles pas aussi novices que nous l'aurions souhaité et que les héros purent connaître enfin l'achèvement de leur éducation. Pour ma part, je connus un moment inoubliable d'éblouissement du corps et de l'esprit dont je suis resté toute ma vie reconnaissant à Rose, cette première fleur cueillie. Lorsque je m'enfouis en elle, je crus mourir et ressusciter dans la même seconde. Ainsi puis-je parodier l'un de vos poètes d'antan pour qui un bouton avait suffi, en vous avouant que j'ai rencontré ma mort dans un bouquet de roses. Je souris en écrivant ce souvenir. Mais la guerre méprise l'amour et il se peut que nos brèves fiancées aient été tondues quelques mois plus tard.

Nos idylles prirent fin un jour où Anieta déclara à Jacek ne plus pouvoir nous fréquenter, car sa mère venait de recevoir des nouvelles d'une amie polonaise l'informant que sa sœur et son beau-frère avaient été emmenés de force hors du ghetto de Lodz et qu'on ne les avait pas revus. Moralement, selon les critères d'Anieta, nous étions responsables de leur disparition. Tu es juive ? La brusqua Jacek d'un ton très dur. Ma grand-mère l'est, répondit Anieta. Donc tu l'es, cingla mon ami. Adieu jeune fille ! En souvenir de nos bons moments dont j'ai honte maintenant, sois heureuse que je ne vous dénonce pas sous quelque prétexte que ce soit. Il va sans dire que j'approuvai sans réserve cet adieu chevaleresque que par solidarité j'imposai à Rose avec la même conviction.

Comprenez-nous Margot. Depuis l'âge de raison, on nous avait élevés dans la haine des Juifs. Nous savions ce peuple de sous-hommes à l'origine des malheurs du monde et notre devoir était de le débarrasser de ces parasites. Nous avons ajouté à la liste d'indésirables les bolchéviques, les Tsiganes, les homosexuels, les intellectuels dégénérés, les handicapés et autres opposants. Quels relents me sont restés de cette éducation ? Je ne saurais faire la part des choses. On ne se refait qu'à grands coups de tranchoirs dans l'ego. Le mien s'est retrouvé haché par la fin de l'histoire. À nous qui sommes tombés de notre piédestal, il aurait fallu inculquer l'erreur de jugement. Mais nous étions clos à tout ce qui n'était pas le déni. La terreur d'être reconnu coupable a hanté mes jours et mes nuits. Réfléchir me fut un calvaire. Je n'ai pu que replâtrer çà et là les abandons de ma conscience. Ne m'être jamais tenu debout dans la lumière face à Joseph, votre père, en est l'exemple le plus symptomatique et pourtant je considère notre rencontre comme le moment le plus important de toute ma vie. Je n'ai jamais rien su de ses pensées d'homme. Vous non plus sans doute. Nous voici donc au pied du mur.

Mais je suis fou de vous écrire, rien ne m'y oblige, car l'homme ne construit rien qu'il ne pourra détruire. J'aurais pu vous laisser dans l'ignorance de ma rencontre avec votre père. Je le fais pour Julia, ma petite fille. Eh oui, Margot, c'est pour l'avenir que je vais avouer mon crime. Non que je le croie meilleur à la lumière d'une confession, mais parce que pour la première fois de toute mon existence, je veux accorder à un être qui m'est cher une liberté sans entraves. Celle de m'absoudre ou de me condamner, peu importe. Julia est la seule famille qui me reste et son siècle n'est pas le mien. Elle ignore qui je fus, je ne sais rien de son futur. Pourquoi ne pas lui écrire, à elle plutôt qu'à vous, me direz-vous ? Je vous laisse inventer la réponse, fille de Joseph. Et puis adieu, Margot. Oui, il faut que je vous dise adieu maintenant, car dans quelques instants je serai retourné dans des limbes cernés de ténèbres. Le vieillard vous salue, l'adolescent vous défie.

À la fin de l'été 44, tandis que la majorité des effectifs de notre division fut envoyée sur le Front de Normandie, quelques dizaines de soldats du bataillon de réserve demeurèrent sur place, dont nous fûmes Jacek et moi. Qui en voudrait la preuve pourrait se pencher sur quelques archives châtelleraudaises. Depuis le mois de février, on démantelait des réseaux de résistance du côté de Maillé, connu pour être une terre de terroristes. La voie ferrée Paris-Bordeaux qui coupait le village en deux était un axe éminemment important pour nous et fréquemment attaqué comme tel. Le 11 août, un avion allié fut abattu à l'occasion du mitraillage d'un train stationné là. Le pilote ayant sauté en parachute fut recueilli et caché par des agriculteurs sans qu'on puisse remettre la main dessus. Le 22 août, des maquisards firent le coup de main à La Celle-Saint-Avant, à moins de cinq kilomètres. Dans la nuit du 22 au 23 août, la voie ferrée fut sabotée près de la halte de Maillé.

Enfin le soir du 24 août eut lieu l'accrochage fatal à la ferme de Nimbré entre des maquisards et deux voitures allemandes qui blessa et peut-être tua deux soldats, dont un officier à ce qu'on a laissé entendre. Le responsable de Sainte-Maure-de-Touraine, le sous-lieutenant Gustav Schlüter, en rendit compte au Feldkommandant de Tours, le lieutenant-colonel Albert Stenger. Comme vous n'avez sans doute jamais entendu parler du *Sperrle Erlass*, il me faut vous apprendre que ce décret promulgué en février 44 autorisait à répondre par le feu quand des soldats allemands étaient attaqués, comptant pour peu les dégâts causés chez les civils, regrettables victimes collatérales imputées alors aux terroristes. Nous reçûmes l'ordre de faire table rase des factieux et le lendemain matin, alors que village était cerné par des soldats du camp de Nouâtre à proximité, une bonne soixantaine d'hommes de notre bataillon, chargés de la basse besogne, pénétrèrent dans Maillé. À nous les bleus, on avait distribué du schnaps pour supporter ce que nous allions faire. Nous n'avions pas dix-huit ans et je vous jure qu'avec ou sans alcool nous aurions agi de telle sorte qu'aucun de nos supérieurs ait pu être déçu. N'allez pas croire cependant à une simple vengeance consécutive à cet accrochage avec des maquisards. La présence sur les lieux d'un officier *Totenkopf* [1], prouvée ou non, pouvait relever d'une stratégie programmée afin de faire un exemple. La voie ferrée, nœud de la tragédie, devait nous permettre plusieurs replis. Les sabotages à répétition menaçaient leur bonne exécution. Maillé, ce nid de terroristes, fut préféré à d'autres villes telles que Sainte-Maure ou Sepmes. C'était un village facile à cerner et nous pûmes y faire montre à cette occasion de la stratégie de terreur voulue par notre état-major.

Le matin du 25 août, un convoi ferroviaire est de nouveau attaqué par l'aviation alliée. Un camion Henschel, tractant un canon de 88 mm est détruit dans le même temps. Nous, nous sommes cachés dans les bois alentour tandis que le village se prépare à vivre une chaude journée

---

[1] Le Totenkopf est un insigne militaire repris par les soldats SS représentant une tête de mort et deux fémurs croisés

de travaux des champs. Le premier habitant aperçu est aussi la première victime. Tué de sept balles dans le dos, celui-là ne se rendra plus jamais à son travail en bicyclette. Mais surtout il ne lui est plus possible de prévenir les autres de notre présence. Comme tout danger venu du ciel semble écarté, les sentinelles s'installent au nord du bourg pour certaines, d'autres près de la gare de Nouâtre, à l'entrée du village. Nous nous engageons, arme à l'épaule, en direction de Maillé et au coup de sifflet, nous entamons notre sinistre besogne de charognes dans deux fermes où nous n'épargnons ni hommes, ni femmes, ni enfants, ni vaches, ni chevaux, ni cochons, ni moutons, ni poules, ni chiens, ni chats. Une demi-heure plus tard, les deux bâtiments sont la proie des flammes. Lorsque nous entrons dans Maillé, les habitants qui, au son des tirs et à la vue du feu, croient peut-être à un nouvel accrochage avec les maquisards, s'approchent de nous, pour certains avec un ersatz de drapeau blanc, en criant « Civil camarade ». Nous vidons sur eux les chargeurs de nos pistolets-mitrailleurs. À partir de là, nous éliminons tout être vivant croisé ne serait-ce que d'un regard.

Équipés de fusils, de revolvers, de baïonnettes, de grenades et de plaquettes incendiaires, notre tâche est rapide et efficace. Jacek et moi ne sommes pas les derniers à nettoyer le terrain. Cependant, je remarque que Jacek choisit volontiers ses proies parmi le bétail plutôt qu'au sein des familles. Moi, je me sens grisé par l'action, exalté même, comme enivré par le sang promis.

Nous entrons dans la cour d'une maison ornée en son centre d'un splendide tilleul et flanquée de bâtiments de chaque côté. L'un semble être un atelier, l'antre d'un forgeron, surmontée d'une enseigne en forme de fer à cheval, l'autre quelque grange partagée de vieilles bottes de paille et d'outils de jardinage rangés contre le mur. La cour est déserte, mais on devine à certains jouets en bois abandonnés près de la porte que la maison abrite une famille. Ses membres doivent s'être cachés dans un grenier ou au fond d'une cave, car nous n'entendons aucun bruit si ce n'est au loin le crépitement de murs ou de toits embrasés. Il y a quelque chose d'excitant à envahir ce lieu bien entretenu, qui respire la prédominance du travail, et où l'on imagine aisément le repos du dimanche à l'ombre du tilleul, après un déjeuner soutenu. Du moins au temps de la paix. Mais nous sommes vendredi et la guerre ordonne. Jacek me fait signe de m'occuper de la maison tandis qu'il se réserve l'atelier et l'appentis. Je crois qu'il n'y trouvera rien et poursuivra plus loin ses investigations. Je l'ai vu tout à l'heure voler dans la ferme quelques vieilles pommes ridées et y croquer à belles dents comme un chenapan de campagne. Je le laisse agir à sa guise. Il n'y a rien à craindre d'habitants terrés chez eux sans défense. Mais je ne sais pourquoi, j'attrape d'abord dans ma poche le flacon de schnaps glissé là par un camarade plus âgé. J'engloutis une rasade qui me fouette les nerfs à vif et j'avance vers la porte close. Un coup de pied déterminé suffit à l'ouvrir d'un coup. Devant moi, dans ce qui semble être la pièce principale, une immense cuisine, se tiennent autour de la table, dans un silence de mort, un homme debout, le chef de famille, une vieillarde ratatinée dans un fauteuil, un garçonnet d'environ quatre ans serrant dans sa poigne la jupe de sa mère assise dans un angle et pressant contre sa poitrine un nourrisson emmailloté. Pas un n'a le temps d'ouvrir la bouche. Je mitraille sans réfléchir de gauche à droite puis de droite en gauche tous ces corps dont les soubresauts donnent à la scène un dernier témoignage de vie. Le bruit est assourdissant, le sang gicle et une odeur de fumée remplit l'espace. Lorsque plus rien ne bouge, je contemple sans trembler ces carcasses humaines. Je ne m'explique pas qu'elles ne se soient pas dissimulées avant notre arrivée. Ont-elles cru nous attendrir par leur présence domestique, unie dans la force d'un cercle familial ? Ont-elles eu la naïveté de nous offrir le tableau prémédité de la patience en guise de défense ? Je n'aurai jamais la réponse. Le père gît, effondré contre le corps de l'aïeule, sa mère sans doute, elle-même repliée vers ses genoux comme une poupée de chiffon. Au sol, l'enfant semble dormir, la poitrine cisaillée de poinçons dégoulinants. La mère, dont le visage n'est plus qu'une bouillie de chair, agrippe encore son bébé à qui manque la moitié du crâne. Un ruban rose dépasse de son lange. J'ai le sentiment d'une mise en scène, splendide et horrifiée, qu'un peintre hanté d'écorchés aurait savamment disposée devant ses yeux avant d'éblouir sa toile d'écarlate et d'anthracite. Longtemps je contemple ce tableau arrêté. Une horloge dans un coin palpite son indifférence. Je lui envoie une rafale en plein cadre. Elle se tait, se pliant à l'usage d'arrêter le temps pour les morts. Sur un meuble en retrait trône une bouteille de vin rouge. Je m'en saisis et vide d'un coup la quasi-totalité de son contenu. J'ai soif et mon corps réclame un étanchement d'importance. Je le baignerais dans un fleuve de sang tant la fièvre m'habite. Je regarde un long temps mes modèles sacrifiés dans leur ultime parade. Leurs dépouilles dérisoires m'inspirent un rien de reconnaissance inexplicable. Je les quitte sans mettre le feu à leur décor. Je sais que d'autres après moi viendront par les flammes effacer mon théâtre éphémère. Je sors en refermant la porte derrière moi, geste qui me paraît justifié. Le soleil du matin me tombe dessus comme un couperet de lumière. J'approche du tilleul.

À la lisière de l'ombre et de la lumière dessinées par le feuillage sur le sol se tient une vieille chienne affalée dans la poussière. Lorsqu'elle m'aperçoit, elle se redresse péniblement et, battant de la queue, fait plusieurs pas sur trois pattes. Elle ne semble pas effrayée, malgré les tirs dans la cuisine qui auraient dû lui intimer une retraite. Décidément, personne n'agit comme il faudrait dans cette demeure. Sans doute, l'effort d'une débandade lui a-t-il paru plus insurmontable qu'une pacifique soumission. Les chiennes boiteuses ne sont pas stratèges. Trois balles suffisent à la laisser sur le flanc. Un gémissement grotesque puis plus rien. Tout à coup, le tilleul crie. J'ai à peine le temps de lever la tête que tombe de la ramure un garçon qui se campe devant moi, les yeux emplis d'une eau noire et bleue et les poings repliés avec force. Il est en culotte courte et en maillot gris clair. Il ne bouge pas et contemple la bête abattue. Il hésite. Il voudrait se jeter sur elle et la prendre dans ses bras. Il redresse le menton et me fixe en tremblant des lèvres. Il pourrait foncer tête baissée. Il n'en fait rien. Je dois lui paraître trop jeune, trop improbable. Il observe mon arme qui dans une seconde va l'étendre là, près de sa chienne. Il a entendu les rafales dans la maison.

Il sait à quoi s'en tenir. Il n'a pas peur, il est en colère. Revenu de ma surprise, je le détaille en le menaçant pour qu'il ne bouge pas. Je lui accorde une dizaine d'années. J'apprendrai plus tard qu'il n'en a que huit. Il est bien bâti. Sa bouille est sympathique malgré l'hostilité qu'il s'évertue à afficher. Ses genoux éraflés m'indiquent qu'il s'est donné du mal pour grimper dans les branches, mais des griffures plus anciennes sur les tibias dénoncent une âme de bagarreur. Ce morveux ne doit jamais s'en laisser compter dans la cour de récréation. J'apprécie sa pose de combattant, à l'affût de ma première baisse de garde. J'ai été boxeur. Je sais qu'il ne faut rien laisser au hasard. Je plante longtemps mes yeux dans les siens, subjugué par leur énergie. J'y lis une intelligence, une vitalité remarquable. Il est le seul de la famille à avoir anticipé notre invasion. Ce gosse me plaît et je prolonge notre échange muet d'égal à égal. Certes mon arme me donne l'avantage. Mais je ne suis pas là pour faire copain-copain avec un mioche ennemi. Je m'essaie à pointer le canon vers sa poitrine. Il ne bronche pas. Je le vise plusieurs secondes sans me décider à faire feu. Il demeure hiératique, quelque chose d'immense dans sa stature. Je baisse alors mon arme et de mon autre main, je fais semblant de tirer en pointant sur lui mon index et mon majeur serrés comme pour un jeu entre garçons. Pan ! m'écrié-je pour m'amuser. Il ne remue pas d'un cil. Il pourrait maintenant m'agonir de coups de poing et calcule d'abord le temps qu'il me faudrait avant de redresser mon fusil vers lui. Je tente un dialogue. Comment toi t'appelles ? entamé-je du menton dans un français pitoyable. Il se tait et je dois réitérer ma question. Enfin d'une voix rocailleuse, il me lance : Joseph ! Je souris tout à fait et pose ma main sur ma poitrine avant de lui répondre : moi aussi, Josef. Puis nous restons là, face à face, ne sachant qu'ajouter. C'est à moi de poursuivre évidemment. Je tourne mon regard vers la maison fermée puis reviens sur lui en grimaçant. Moi, je pas tuer les Joseph, ricané-je soudain. Sauf Staline ! pouffé-je dans un haussement de matamore. Pas sûr qu'il sache de qui je parle, mais mon air vantard l'impressionne. Le danger lui paraît toujours imminent. Un éclair d'acier traverse ses prunelles dont il retient les larmes à toute force. Il sait que j'ai tué sa famille, son chien et qu'il ne faut pas faire confiance à un Boche armé surtout aussi jeune. Il ne me donnera pas la satisfaction de son chagrin. C'est un homme en miniature. Un brave. Nous restons encore plusieurs secondes sans rien dire, à nous jauger, quand Jacek fait son apparition, des prunes plein les mains. Il considère la scène, remarque le clebs mort aux pieds de son maître. Il désapprouve que je m'en sois chargé, mais me laisse achever ce que j'ai commencé. Peut-être veut-il me tester ? Quoi qu'il en soit, je refais le geste ludique de menacer le garçon de mes doigts en visant son cœur. Toi partir ! ordonné-je durement. Pas retourner maison. Partir ! Tout de suite ! répété-je en haussant la voix, car le môme n'a pas bougé. Il a compris. Il jette une dernière fois un regard sur le cadavre de la chienne puis tout à coup décampe aussi vite que ses jambes peuvent le porter. Je le crois débrouillard, il trouvera une cachette que nous ne dénicherons pas. Je suis plutôt content de moi et quand je me retourne vers Jacek, celui-ci me sourit d'un air entendu en me tendant des reines-claudes.

Je ne peux pas vous jurer Margot que Joseph

ne soit pas retourné dans la maison et n'y ait pas contemplé la nature morte que j'y avais enfermée. J'ai su plus tard que seule la grange avait brûlé et que la bâtisse était restée quasi intacte ainsi que l'atelier. S'il est revenu sur ses pas, *das Kind unter den Linden*, comme l'appellerait désormais Jacek, a dû être hanté chaque nuit par le spectacle. Mais alors il ne fut pas seul à trembler en s'endormant. Depuis le soir du 25 août, je n'ai moi-même plus jamais dormi sur mes deux oreilles comme on dit chez vous. Je n'ai eu de cesse de revoir Joseph au moment de fermer les yeux. Non pas les cadavres, mais le garçon téméraire qui n'avait pas reculé au moment de mourir. Je me remémorais l'eau bleu foncé de ses yeux noyés de larmes âprement retenues. Je me comparais à lui et hélas, je ne m'accordais pas la supériorité. Avais-je fait honneur à ma mission en l'épargnant ? Je raisonnais en soldat, non en homme. Quelque chose que je ne parvenais pas à définir m'avait vaincu sous le tilleul. Jacek me répétait que cette faille en moi relevait de la fraternité. Horreur ! C'était lui mon seul frère et certainement pas un rejeton de culs-terreux français dont la seule obsession était de nous haïr. Je me mis à douter. Cela commença le jour même, au cours des heures qui suivirent où je fus incapable de tuer d'autres civils. Je me contentai d'allumer des mèches dans les maisons et d'avancer sans réfléchir. On chargea Jacek, qui baragouinait mieux le français qu'aucun d'entre nous, de laisser sur des cadavres un mot censé justifier le massacre : *« C'est la punission des terroriste et leurs assistents »*[2], écrivit-il. Moi je savais que j'en laissais un derrière moi, haut comme trois pommes, qui me vouerait une haine inextinguible pour le reste de ses jours. C'est ainsi Margot que j'ai tué votre arrière-grand-mère, votre grand-père, votre grand-mère, votre oncle, votre tante qui n'avait pas quatre mois, leur chienne et leur horloge et que j'ai épargné votre père. Et maintenant, je vous le redemande, fille de Joseph, suis-je encore un homme ?

Il est des êtres qui vivent deux vies dans leur existence. Joseph et moi sommes de ceux-là. Notre premier et court destin fut de n'avoir pas à

---

[2] Authentique

penser, notre second de penser trop. Pendant des années, je n'ai entendu de la bouche de votre père qu'un seul mot, son prénom. Je crois que porter le même m'a obligé à me reconnaître en lui. En ménageant l'enfant, c'est moi que j'ai écarté de l'anéantissement. À quoi tient l'ironie de la vie ? L'aurais-je abattu s'il se fût appelé Georges ou Antoine ? Je me suis souvent posé la question et comme chaque fois que je convoque les souvenirs de ce moment précis, je noie ma réponse dans un à-peu-près acceptable. Jacek, observateur de mes insomnies, recouvre par intermittence une conscience personnelle. Il admet un prix à payer pour nos actes insoutenables et me renvoie à ma race de seigneurs dont la cuirasse lui apparaît finalement faillible. Mais lui dort du sommeil du juste. D'où vient qu'il ne se sent pas concerné ? Je n'ai abattu que du bétail, me confie-t-il un soir de questionnement, des bêtes qui n'étaient pas mes ennemies pourtant. C'est bien suffisant pour réfléchir. Et moi, répliqué-je, ce sont des ennemis que j'ai tués. Serai-je damné pour cela ? De quoi parles-tu ? s'échauffe-t-il sans vouloir approfondir. Il me laissait dans un désarroi terrible. J'étais contraint de m'interroger sur la nature de nos ennemis ou sur celle de Dieu que nous avions banni depuis longtemps. La vérité, c'est que nous n'avions ni lui ni moi les moyens de répondre à nos angoisses. L'introspection nous était interdite depuis des lustres et la mort, partout rencontrée, nous avait asservis à ses décrets définitifs. Réfléchir, c'était désobéir. Or voilà qu'une rencontre inachevée remettait en question une idéologie à laquelle je m'étais accroché par paresse ou incapacité d'y résister. En réalité, je ne m'étais pas battu au bon moment. Peut-être des années auparavant, m'aurait-il fallu fuir, mot imprononçable dans ma jeunesse éblouie. Je songeais à tous nos camarades s'étant donné la mort plutôt de se laisser embrigader et pour la première fois, je ne les méprisais pas.

Il est très dur d'admettre que la faiblesse puisse être une force.

Trois heures suffirent à notre raid. Nous quittâmes le village vers midi et repartîmes tels que nous étions venus, avant un bombardement du bourg qui débuta vers 14 heures. Nous avions exterminé 124 hommes, femmes, enfants, bébés et brûlé des dizaines de maisons. Où était Joseph ? Peut-être auprès de rescapés, peut-être niché au fond d'une cave ou encore disparu dans un champ par quelque chemin dérobé. L'abbé du village ne fut autorisé à pénétrer dans Maillé qu'en fin d'après-midi. C'est par l'écrit immédiat qu'il fit de ses découvertes que j'aurais plus tard bien des détails. On interdit au maire du village de toucher aux morts et de secourir les blessés. Beaucoup agonisèrent sans réconfort. Un champ de ruines dans notre dos, la guerre pouvait continuer.

Tours fut libéré le 1er septembre. L'étau se resserrant entre les troupes descendant vers le sud et celles du sud remontant vers le nord, nous entreprîmes un reflux vers l'est où d'autres fronts nous attendaient. À Maillé, l'heure de la pénible reconstruction allait sonner. J'imaginais Joseph recueilli par une tante ou un oncle, car il m'était impossible d'envisager qu'il fût seul au monde. D'autres dans le village avaient tout perdu, leur famille entière décimée, leur maison détruite par le feu. Par la suite, un couple d'Américains fortunés parraina le village et vint en aide aux orphelins en leur fournissant vêtements et fournitures scolaires, quoique l'école fût à rebâtir. Saviez-vous que des dons vinrent aussi d'Afrique ? Ainsi arrivèrent des tonnes de nourriture, de mobilier, de matériel agricole. De Maillé, il ne fut pas question de faire un exemple comme d'Oradour-sur-Glane. Ici, le silence prévalut y compris entre les habitants. Ce fut désormais le temps des maçons. Pendant des années, seule une commémoration le 25 août marqua le rendez-vous des mémoires. Du haut de sa dizaine d'années, Joseph ne put ou ne voulut pas parler, imité en cela par tous les enfants retrouvés sains et saufs et rassemblés dès la rentrée scolaire dans un baraquement de fortune.

Mes morts s'appelaient Adrienne, Albert, Luce, Jean et Marguerite Delépine. Pour le chien, je n'en sais rien. J'entrevois que Joseph vous a nommée Margot en souvenir de sa petite sœur. Tout à l'heure, je vous écrirai comment j'ai pu un jour retrouver sa trace, mais pour le moment laissez-moi vous dire ce qu'il advint de

Jacek et moi dans les années qui suivirent. À la fin de la guerre, nous nous trouvâmes désœuvrés pour ne pas dire déboussolés. Nos villes d'origine étaient exsangues et nous n'avions aucun désir de retourner dans nos familles. Nous en avions perdu le sens. Surtout, nous savions ce que nous avions fait à des civils, et par crainte de poursuites, nous préférions nous fondre dans n'importe quel corps structuré où personne ne viendrait nous chercher des noises. Ce fut la Légion étrangère pour laquelle nous signâmes un engagement de cinq ans. C'est à partir de notre incorporation que je me mis à étudier le français, à l'oral d'abord puis à l'écrit, poussé par un véritable engouement pour cette langue difficile, à l'instar de la nôtre, dont j'avais le sentiment qu'il fallait la mériter. Songeais-je que peut-être un jour je reverrais Joseph et que nous échangerions plus d'un mot ? Je fis de rapides progrès. Je les impute à une volonté inconsciente de racheter quelque chose de mon passé hexagonal. Seul un accent tenace pouvait dénoncer mon origine. Jacek m'accompagna dans ces études, davantage par amitié que par désir propre. Il ajouta des pans entiers de textes à sa panoplie d'expressions françaises et me les fit réciter, de préférence dans des situations incongrues telles que celles où nous rampions, nez dans la boue, en approche de lignes ennemies. Judicieux usage où, pour parer à la peur d'être tué, je ponctuais Corneille ou Racine de blasphèmes et de gros mots dont le premier aurait ri et le second toussé ! Mes études étaient cependant chaotiques dans la mesure où je n'étais pas là pour intégrer la Sorbonne, mais pour servir des intérêts coloniaux. Je fus heureusement aidé par un capitaine intelligent, féru de littérature, qui me prit sous son aile et m'initia aux subtilités de votre langue. C'est ainsi qu'en Indochine je déclamais des vers de Victor Hugo à la bataille de Phu Tong Hoa, où nous restâmes trois jours sans secours et dont nous sortîmes indemnes Jacek et moi. À l'issue de notre premier contrat, nous signâmes pour deux années supplémentaires, indécis encore sur notre devenir. Au fond de moi, très enfouie dans une supportable amnésie, surnageait une envie d'élévation, toujours rabaissée par la nécessité de confrontation bien réelle avec des hommes dont on me disait qu'il fallait les combattre. Et je les combattais, flanqué du seul être parcouru des méandres intérieurs identiques aux miens. Jacek, le vivant assoupi, le déraciné embrumé, dont les réflexions sinuaient entre clair-obscur et pragmatisme, m'empêchait de sombrer tout à fait dans une mélancolie gangrénée de souvenirs. Pour lui, le passé devait à toute force être piétiné et l'avenir un peu moins ténébreux chaque jour passant. Nous lûmes les surréalistes, même si beaucoup avaient plaidé contre notre cause. Ma préférence allait à Éluard qui venait de mourir cette année-là. *Mon amour si léger prend le poids d'un supplice.* C'est cette année-là également qu'eut lieu à Bordeaux le procès sans témoins du sous-officier Gustav Schlüter, condamné par contumace, qui mourra tranquillement chez lui près de Hambourg en 1965 sans avoir été inquiété. Mais ça, nous l'ignorions comme la plupart des habitants de Maillé l'ont ignoré. Joseph avait alors une quinzaine d'années. Peut-être était-il apprenti forgeron pour mettre ses pas dans ceux de son père. C'est l'idée que je me faisais de sa destinée.

Souvent, certaines nuits, je me prends à rêver de ne plus toucher terre. Je vole ou bien je nage, indifféremment oiseau ou poisson, entre les eaux ou les nuages. Je n'ai plus de pieds, plus de contact avec le sol. Je me laisse porter. Enfin je me repose. Je ne suis plus Atlas aux épaules rompues sous la charge. Quelle charge ? Mon péché ? Celui de mon pays ? Le poids de l'Histoire ? Un jour, je fermerai les yeux et mon fardeau sera aussi léger que celui d'un enfant soufflant des bulles de savon sur la pelouse d'un jardin de printemps. Il le faut, Margot, car une vie d'homme peut au dernier instant être touchée par la grâce. Mais je n'en suis pas encore là et il me reste si peu de temps. Je compte sur vous pour m'enseigner la recette des bulles enfantines, un rien d'essor dans la brise, puisque, durant toutes ces années, je ne l'ai pas retenue. Offrez-moi l'irisation de mes dernières heures. Je vous dirai comment dans un instant.

Jacek commençait à s'ennuyer. Il découvrait que la vie n'est pas un match de boxe entre soldats, entre ennemis, entre peuples. L'Europe, si loin de nous, se recousait à petits points. Notre expérience de la Légion nous avait appris qu'on peut faire table rase du passé, de son identité même. On nous y avait accueillis sans poser de questions. Peut-être pouvions-nous retourner chez nous et profiter des mises sous le boisseau, indispensables à toute réconciliation. Lorsque notre temps fut achevé, nous revînmes au pays. S'il entendait mes sourdes craintes, Jacek les noyait dans un optimisme juvénile que des années de conflit n'avaient pas entaché. Il se sentait prêt pour une nouvelle vie. Pour ma part, j'avoue l'avoir suivi sans enthousiasme. Je n'avais aucune volonté propre, si ce n'est celle de survivre en me faufilant entre les mailles des filets de justice. Je vous l'ai écrit dès le début de cette lettre, je me suis fait prisonnier tout seul. Enfermé dans une peur sourde, je n'ai plus jamais recouvré la légèreté. C'est sans doute la moindre des choses, penserez-vous, à l'aune de mes actes impunis. Il n'empêche, j'avais vingt-cinq ans et l'âme d'un vieillard. Je ne savais qu'obéir. Je n'avais connu que des amours monnayés, des amours de rue, de maisons closes. Rien ni personne ne m'attendait. Mon seul objectif était d'appliquer dans la vie civile les règles de survie inculquées pour monter au front. L'unique concession que Jacek alloua à mes alarmes fut de nous faire engager en tant que dockers sur le port de Hambourg, dans un milieu interlope mêlant de vrais durs à des voyous de passage désireux de se fondre dans le paysage. Là encore, notre acquis de légionnaires facilita notre acceptation. Nous travaillions comme des brutes. Nous étions silencieux, sérieux, vigilants à ne pas nous immiscer dans les bagarres, nous étions sobres, soigneux de notre personne, partant nous étions crédibles. Nous nous fîmes des connaissances capables de nous cacher ou de nous procurer de faux papiers en cas de besoin. Notre vie n'avait guère plus de sens qu'auparavant, si ce n'est que nous mettions de côté de quoi en changer bientôt. Jacek avait choisi ce port avec une idée derrière la tête. Nous aurions pu tenter Rotterdam ou Anvers. Mais Hambourg, c'était l'Allemagne, quoiqu'en zone britannique, et surtout, c'était la Pologne à portée d'espérance. Bien après la mort de Staline – que je n'ai finalement pas tué – nous gagnâmes Dantzig, autrement dit Gdansk, désertée par les Allemands. Qu'importe ! Jacek avait de faux papiers polonais et moi, j'étais Alsacien ! Nous fûmes de nouveau engagés comme dockers, puis, après avoir fait montre de notre aptitude en la matière, comme mécaniciens de marine. Je découvrais le pays de mon ami et lui-même le réapprenait, recouvrant une mémoire d'enfant. Peut-être le réinventait-il, le parant de toutes les qualités d'accueil attendues de sa terre natale. Toujours est-il que nous devînmes de braves ouvriers de la Baltique, mer qui me fascinait pour des raisons étranges, des possibilités d'évasions nordiques aux échos d'une mythologie infusée depuis longtemps dans mon esprit. Mais je ne vous écris pas, Margot, pour vous relater les beautés septentrionales. Aussi reviens-je vers vos contrées si douces où Joseph, pendant que nous nous liquéfiions dans la population polaque, devenait un homme dont je me figurais les apparences parées des traits du gamin que j'avais croisé treize ans auparavant.

Désormais, c'est à la lumière des événements d'Algérie que je pensais à Joseph. La guerre, la guerre toujours recommencée ! Avait-il été incorporé et si oui, braquait-il une arme contre les ennemis de son pays ? Alors, qu'est-ce ça fait, gamin, de se tenir de ce côté du fusil ? Si l'on n'y perd pas la vie, on renonce à la joie, ce qui est peut-être le plus grave péché de l'homme. D'où je me trouvais, je n'étais guère tranquille. Mes faux papiers alsaciens pouvaient me dénoncer comme Français, mon passé de légionnaire m'entraîner dans un nouveau conflit. Du moins est-ce ainsi que j'assombrissais mon avenir. Jacek ne craignait rien et se fondait dans la masse, obnubilé par la gouvernance de cette République Populaire, qui par moments le tentait pour son organisation rigoureuse ou l'horripilait à d'autres pour son fabuleux manque d'émancipation. Je décidai de rentrer en Allemagne de l'Ouest, mes vrais papiers me le permettant, à la faveur de détours maritimes toujours possibles dans le milieu portuaire. Pour la première fois, j'envisageai de partir seul et de laisser Jacek vivre sa vie sur le sol natal. Je lui expliquai ma volonté de m'installer dans une petite ville de la Forêt-Noire, non loin d'Offenburg où, enfant, je partais en vacances, et d'y ouvrir un garage. J'avais économisé durant toutes ces années de recrue. Je pensais pouvoir m'établir sans faire de vagues et me plonger à corps perdu dans les rouages de la mécanique afin d'oublier ceux de la politique. C'est alors que Jacek, qui finalement préférait la liberté à l'enfermement idéologique, me gratifia d'une bourrade dans l'épaule et me lança : quand est-ce qu'on part ?

D'un clic géographique, vous situerez sur la carte où nous atterrîmes, avec pour tout bagage un sac de marin sur le dos. Notre première visite fut pour un notaire d'Offenburg auprès de qui j'avais pris rendez-vous dans le but d'acquérir un entrepôt désaffecté à L…, (cherchez Margot, je ne veux pas tout dévoiler), dont nous allions faire un garage d'associés, bien décidés à reprendre le cours normal d'une vie déjà pas mal gâchée. En moins de six mois, l'affaire était lancée. Nous avions installé une sorte d'appartement au-dessus du garage où nous cohabitions pour plus de commodités. J'imagine que les ragots sur le couple étrange que nous formions allaient bon train, mais la qualité de notre travail l'emporta sur tout le reste, ce qui nous assura rapidement une clientèle fidèle. Cette petite vie sans heurts aurait dû apaiser mon naturel inquiet. Il n'en fut rien. J'approchais de mes quarante ans, notre affaire marchait bien. Le passé semblait s'effacer au gré d'une construction européenne tournée vers l'avenir. Peut-être aurais-je pu croire à une absolution relative. Mais au fond de moi, quelque chose ne voulait pas s'endormir. J'en eus la preuve un jour de printemps, lorsque je reçus un coup de fil qui allait amorcer un virage dans mon existence.

C'était l'appel d'une femme tombée en panne entre Offenburg et notre garage, ce qui en soi n'avait rien d'exceptionnel. Je lui répondis que je serais sur place dans le quart d'heure. Mais lorsque je sortis du bureau pour m'installer dans la dépanneuse, je m'aperçus que celle-ci avait disparu. Jacek l'avait empruntée pour le remorquage d'un autre client et m'avait laissé un mot pour me prévenir. J'embarquai une boîte à outils, tout ce qui me semblait nécessaire pour un dépannage dans ma voiture particulière, et me rendis sur les lieux où j'aperçus une jeune femme adossée à son véhicule sur le bas-côté. Au moment où je m'extirpai de mon siège, elle m'apostropha : vous êtes bien Josef Arbogast ? Cette question banale, qui s'expliquait par le fait que rien ne me signalait comme garagiste, me glaça les sangs. J'eus l'impression que mon cœur s'arrêtait de battre. C'est que depuis vingt ans je m'étais imaginé qu'un jour quelqu'un viendrait m'arrêter en me posant d'abord cette question. Il me fallut plusieurs secondes pour reprendre mon souffle. C'est alors que je m'entendis lui répondre : Joseph, oui, maudit Joseph qui ne me laissera jamais tranquille ! La femme sourit, sans comprendre évidemment, et m'intima doucement : peut-être devriez-vous prendre des vacances, Mr Arbogast !

C'était la première fois qu'on me souriait. C'est faux naturellement, cependant, à bien y réfléchir, c'était quand même le premier visage sympathique qui m'était offert depuis mon enfance en dehors de celui de Jacek s'entend, avec une bienveillance désintéressée. Je ne sus pas quoi répondre, gauche et bourru dans mes attitudes. Le dépannage fut enfantin et le moteur de la cliente offrait tous les signes d'une séparation imminente. Je remarquai alors un tas d'objets hétéroclites à l'intérieur de son véhicule et m'enhardis à lancer la conversation. Vous déménagez ? lançai-je en m'essuyant les mains sur un chiffon noirci. Non, je tiens une brocante en ville. Ça vous intéresse ? Accompagnez-moi. Je vous offrirai un café et je vous paierai votre intervention en même temps. Si quelque chose vous tente dans la boutique, on ne sait jamais… Et moi, le timide, le méfiant, le rabat-joie, j'acceptai l'invitation. C'est ainsi que nous laissâmes dans notre dos la ferme d'où elle m'avait appelé, et gagnâmes la ville où les heures qui suivirent passèrent comme dans un rêve.

Magda devint mon amie de cœur, de corps aussi. Ce n'est pas qu'elle fût particulièrement jolie, mais son sourire, dont elle n'était pas avare, m'enchantait. C'était une drogue dont il me fallait reprendre régulièrement une dose embaumée. N'étant pas disert de nature, je ne lui fournis pas beaucoup d'explications concernant mes origines. Je lui expliquai qu'anciens légionnaires et mécaniciens, Jacek et moi avions eu la même envie de nous installer et que notre travail nous occupait beaucoup, hormis le dimanche où nous allions arpenter la forêt et parfois poussions nous asseoir au bord du Rench où il nous arrivait d'observer des truites bleu argenté. De son côté, elle n'avait connu que des aventures sans lendemains et parvenue à l'âge de trente-cinq ans, elle aspirait à une relation durable, qu'avec moi elle sentait possible, disait-elle. Quelques mois plus tard, je m'installai chez elle, laissant à Jacek l'appartement du garage, jusqu'au jour où Magda m'annonça qu'elle était enceinte et voulait qu'on se marie. Toutes mes pensées de porcelaine se mirent à trembler. Je savais ce qui peut arriver aux familles. Mais il n'y a que ceux qui ont peur qui puissent être courageux. Le destin me forçait la main. Cette main que Magda voulait que je lui accorde, je la lui tendis en refermant une porte noire sur quarante années d'obscurité. Je voulais croire que derrière cette porte, Joseph ne frapperait plus de son poing d'enfant. L'espérer, c'était convenir d'une brèche. La porte toujours resta entrebâillée.

Friedrich naquit en 1968. Jacek fut son parrain devant Dieu à qui nous bandâmes les yeux, et sa marraine, une sœur de Magda. Personne ne s'étonna de l'absence de famille autour de moi. On accolait à ma personne un passé douloureux, passé qui me dispensait de père, de mère ou de fratrie. Après tout, j'avais un ami fidèle, preuve suffisante de normalité, et si près de la frontière – vingt-cinq kilomètres nous séparaient de Strasbourg – on savait de quel prix nombre d'Allemands avaient payé les années post-guerre. Certains sujets ne devaient pas être abordés. Ma belle-famille nous jugeait sympathiques Jacek et moi, sérieux, travailleurs, donc parfaitement aptes à faire de bons pères de famille. Pour ce qui est de Jacek, rien n'était moins certain selon moi. Je savais que jamais il ne s'aventurerait à tisser un lien durable avec quelque femme qu'il rencontrât. Il se voulait libre jusqu'à l'heure de sa mort qui aurait pu tout aussi bien le cueillir le jour même sans que cela le contrariât. Pour ma part, j'étais plus tiraillé. Trois mois plus tard, alors que je travaillais à la fois pour la brocante et le garage, je contemplais Magda donnant le sein à notre garçon quand pour la première fois depuis la guerre, l'image de la nourrissonne dans les bras de sa mère, la petite Marguerite, votre tante, m'assaillit. Jusqu'à aujourd'hui je n'avais songé qu'à Joseph le vivant. Les autres n'étaient qu'une masse informe, engluée, pétrifiée dans la même boue pourpre. Regarder ma femme allaitant me fut insupportable. Ce jour-là, je fonçai vers le garage où je travaillai sans relâche jusqu'à la nuit tombée. Jacek m'observa et, comme à son habitude, sombra dans un silence égal dont seul je comprenais ce qu'il pouvait signifier.

Quelques jours plus tard, j'annonçai à Magda que je ne voulais plus d'autres enfants, ce qui sans doute lui fit de la peine. Je tâchai de ne pas trop m'attacher à Friedrich, semblable en cela à ces pères de jadis qui, sous la menace d'une mortalité fréquente chez leurs descendants, s'abstenaient de trop les chérir. Une sourde angoisse déformait dans mon esprit toute perspective d'accomplissement familial. Je retournai travailler au garage, la brocante étant aisément compatible avec la vie de mère de Magda. Le soir, nous écoutions la radio. On y parlait de la France, du Général qui le 28 avril 1969 avait démissionné. Qu'en penses-tu Joseph ? me surpris-je à dire tout haut. Magda fronça les sourcils, puis rit de ce qu'elle prenait pour une interrogation de majesté. J'imaginais l'homme de plus de trente ans désormais, forgeron ou peu s'en faut, entouré d'une famille heureuse que la Touraine gâtait de ses abondances vitales. Il me fallait à toute force le croire comblé de bienfaits tandis que ce dont je jouissais moi-même m'apparaissait comme une chance remise en jeu chaque matin. Or, un dimanche, Jacek qui me regardait marcher sur un fil depuis des mois fit une apparition énergique à l'heure du déjeuner. Je suis venu embrasser mon filleul, lança-t-il en brandissant la feuille dépliée d'une lettre manuscrite. Tandis qu'il nous flanquait sur les joues des bises enjouées, il récita un couplet préparé dont je compris vite toute la teneur amicale. Dis donc mon vieux, tu te souviens de Xavier, le Parisien sympa qui nous collait aux basques là-bas ? Entendez la Légion. Il nous invite pour la Pentecôte. Oui, je sais Magda, c'est un rendez-vous de garçons, mais crois-tu que tu autoriserais ton très sombre mari à s'octroyer quelques jours de fête entre anciens camarades de chambrée ? Magda, pour qui la perspective d'une bringue de légionnaires signifiait quelques jours d'évasion possible dans sa famille, jugea qu'effectivement cette échappée me ferait le plus grand bien. Moi, qui n'avais jamais entendu parler d'un Xavier de ma vie, et supputant que Jacek m'offrait là l'opportunité de renouveler des retrouvailles avec Joseph, j'opinai, plus grave encore qu'à l'ordinaire, mis au pied d'un mur à coup sûr infranchissable.

Des trois journées que nous proposait ce week-end de fête, la première fut entièrement dévolue au voyage. Jacek conduisait, je regardais le paysage. Un soleil de propagande nous incitait à l'optimisme. Pour moi, l'enjeu bridait toute allégresse. Qu'allais-je dire à Joseph si toutefois je le rencontrais ? Me reconnaîtrait-il ? Auquel cas, que se passerait-il entre nous ? Dans l'éventualité où vingt-cinq années n'auraient rien aboli, je m'étais depuis trois semaines laissé pousser une barbe d'un blond roux et j'avais prévu un chapeau qui couvrirait mes cheveux germaniques. Je ne tenais pas à me dévoiler. Je voulais seulement revoir l'enfant devenu homme, sans avoir à fournir une ébauche d'explication. Jacek, qui dans le fond désapprouvait ce voyage, m'avait d'ores et déjà prévenu qu'il me laisserait seul rejouer une entrevue dont il n'augurait rien de bon. Si nous avons été des monstres, argumenta-t-il en chemin, je suis sûr que nous le serions encore dans les mêmes circonstances. Ce n'est pas ton peuple qui est mauvais, c'est le cœur de l'homme. Fabriquer des loups, c'est facile. Il suffit d'assujettir toute sensibilité à une force idéologique tant qu'on n'a pas atteint le degré promis d'une exception collective à quoi l'on donne le nom d'élite. C'est l'aristocratie de la bête. De la bête affamée d'orgueil et de haine. Va voir Joseph si cela peut t'apaiser. Mais vous êtes cousus l'un à l'autre par un fil de mort que rien ne pourra plus détacher. Vous n'avez plus, dans cette existence, qu'à apprendre à vos enfants d'autres liens possibles. Ne leur permettez pas d'en user sur ordre d'aveugles à qui le sang ne coûte rien. La paix n'est pas rouge. Elle a la couleur du ciel, de l'eau, des prairies, du sable.

Elle niche dans les herbes, dans les blés, dans les arbres. Je n'avais rien à lui répliquer, sinon que je ne le savais pas poète. Rien à voir avec la poésie, haussa-t-il les épaules, mais poètes, nous devrions tous l'être, ça nous calmerait. Je songeais que je ne savais plus rien du calme depuis des lustres et que peut-être était-ce ce que je venais chercher auprès d'un homme qui ne pouvait que me haïr.

Jacek avait réservé deux chambres dans un hôtel de Chinon. Il avait l'intention d'y contempler la forêt bleue des toits surplombés par le château, d'arpenter les coteaux pendant que je m'enliserais dans mes limbes. Combien j'appréciais l'ami pour ce qu'il m'autorisait à vivre ce que lui-même désapprouvait ! Je n'étais pas comme lui capable de goûter aux joies simples. Je le quittai le dimanche matin, direction Maillé. À mon arrivée, il me parut judicieux d'abandonner ma voiture avant l'entrée du village. Son immatriculation allemande aurait pu anéantir la crédibilité du mensonge dont je devrais me servir. Je vous le redis Margot, je n'avais aucunement l'intention de me découvrir à Joseph. Je voulais le voir en chair et en os, c'est tout. Je serais donc un journaliste strasbourgeois, en pleine écriture d'un livre historique, venu à l'occasion d'un congé de Pentecôte, enquêter sur les traces de Malgré-nous [3], dont certains avaient peut-être participé le 25 août 1944, si ce n'est au massacre, à l'encerclement du village. Mon accent ajouterait à la vraisemblance. Il faisait un temps magnifique. J'entrai à pied dans Maillé qui me parut désert, propret et pimpant. Cette première impression, justifiée par l'heure de la messe à laquelle s'étaient rendus nombre d'habitants et par la reconstruction du village dont je ne m'étais pas figuré l'ampleur, me désorienta d'abord. Je ne reconnus rien de ce à quoi mes souvenirs me renvoyaient. Tout était clair, fleuri, enjolivé sous une lumière allègre. Par un réflexe idiot, je humai l'air pour respirer cette odeur de brûlé que j'avais gardée longtemps dans ma mémoire. Il m'aurait fallu des relents de cendre, de pierres calcinées, de bois roussi. Au contraire, la brise

---

[3] Les Malgré-nous sont des Alsaciens et des Mosellans incorporés de force dans la Wehrmacht.

portait à mes narines des effluves printaniers d'herbes et de pollens. Les maisons elles-mêmes ne ressemblaient plus aux édifices éventrés gravés dans mon esprit, mais donnaient à admirer des pignons blancs, jointoyés soigneusement, surmontés de cheminées fières et droites. Il me semblait que d'un coup de baguette magique quelque sorcier avait redressé les murs ondulés du passé, rehaussé les toits alignés, planté un peu partout de belles bâtisses élargies sous les rayons ensoleillés. Je tournai à droite, à gauche, sans parvenir à choisir un point cardinal. J'avançai vers le centre du village d'où montaient certaines rumeurs d'un café ouvert sur la rue. Au même instant, la décision de m'y arrêter m'apparut saugrenue. De qui allais-je m'enquérir ? J'ignorais le nom de famille de Joseph. Son seul prénom ne pouvait suffire. Demander la forge serait risquer des questions hasardeuses. Non, je devais retrouver l'endroit par mes propres moyens. Mentalement, je déroulai à l'envers le chemin que Jacek et moi avions parcouru vingt-cinq ans auparavant. Je me souvenais d'une cour bordée de murs de pierre pas très hauts, de l'atelier sur le côté de la maison et surtout du tilleul dont j'espérais qu'il serait toujours là, comme un mât au milieu de la mer, que mes yeux reconnaîtraient dans la tempête. Je marchai un bon quart d'heure quand tout à coup, beaucoup moins gigantesque que je l'imaginais, il m'apparut, toison verte au-dessus de l'enclos, emmêlant ses tentacules à celles du soleil, en aspirant chaque particule pour dorer ses feuilles affamées. La grange avait disparu, mais la maison et l'atelier se dressaient, identiques, quoique rafraîchies par plusieurs tuffeaux récents, bien taillés aux angles les plus meurtris. La porte principale était fermée. Nulle lumière ne dénonçait une présence humaine. J'hésitai à aller frapper. Je craignais que quelqu'un n'ouvre et ne m'invite à entrer dans la cuisine où dormaient cinq cadavres figés en une sculpture mortuaire accusatrice. Je virai vers le tilleul comme pour lui demander conseil, quand tout à coup on m'interpella de la rue.

— C'est-y qu'vous seriez intéressé ? C'était un vieillard appuyé sur une canne qui m'observait depuis un bon moment sans doute.

— Je vous demande pardon ? dis-je en me retournant.

— Ça fait un bout d'temps que c'est à vendre. Mais c'est une belle affaire !

— En effet, approuvai-je en m'approchant un peu. Je cherche le propriétaire. Un certain Joseph, je crois.

— Joseph Delépine, oui monsieur. Mais vous l'trouverez pas ici. Ça fait lurette qu'il est à Crouzilles, le Joseph. Vigneron qu'il est maintenant. Chez l'père Thévenin. Faut dire que la Maud est à son goût. Ça fait des années que l'père essaie de les marier. Mais l'Joseph, faire un' famille, ça lui fait peur. Faut dire qu'y a d'quoi, quand on sait c'qu'il a vu là ! D'ailleurs vous, m'sieur, avec vot' parler, seriez pas Allemand par hasard, parce que vous savez, nous les Allemands, ici… ?

— Je suis Alsacien, m'empressai-je. J'écris un livre sur les événements de Maillé et la présence de Malgr…

— Tiens donc, c'est-y qu'on s'intéresserait enfin à nous ? À part les Halle, des

Américains bien braves, on n'a pas vu grand' monde. Alors comme ça, vous écrivez ?

– Oui. Et je cherche un gîte pour quelques mois. Vous pensez que M Delépine accepterait de me louer… ?

– Bah, faudrait lui demander. Chez l'père Thévenin, j'vous dis. Le plus beau domaine de Crouzilles. Pouvez pas l'louper, leva-il sa canne dans une direction improbable en s'éloignant.

J'en avais plus appris en cinq minutes sur Joseph que j'aurais pu l'espérer. Lançant un regard d'adieu au tilleul, je rebroussai chemin. Maillé sans Joseph n'avait plus pour le moment l'attrait d'une destination. Quinze kilomètres me séparaient de Crouzilles. Je décidai de m'y rendre aussitôt.

Le vieillard n'avait pas menti. Campé devant un panneau « Marcel Thévenin, Vins de Chinon », je trouvai le magnifique domaine de votre grand-père. Je me présentai, demandant si Joseph Delépine était présent. L'homme auguste et débonnaire qui m'accueillit tira sur sa

casquette en se grattant les cheveux avant de
s'excuser.

— Il est parti avec ma fille sur le champ de
foire. C'est l'ouverture de la fête foraine
aujourd'hui. Qui le demande ?

— Josef Arbogast, lâchai-je d'un trait que je
regrettai aussitôt. Comment avais-je pu
dévoiler d'un coup mon identité, sans
avoir songé à un nom d'emprunt ?
J'enchaînai illico. Je viens d'Alsace,
j'écris un livre sur l'histoire des Malgré-
nous. Je cherche à louer une maison où je
pourrais poursuivre mes recherches sur
leur présence en Touraine. J'arrive de
Maillé. On m'a dit que peut-être il
pourrait…

Marcel Thévenin me considéra d'un air grave
comme si la chose demandait circonspection.

— Sa maison ? Nouveau grattement de
cheveux derrière la casquette. Un livre
d'histoire ? dodelina-t-il comme pour
étayer sa propre réflexion. Devriez aller
lui poser la question. Le champ de foire
est à l'autre bout du village. Un grand
gaillard en maillot vert et une jeune

74

femme tout en dimanche. Vous demandez Maud et Joseph, on vous indiquera.

Je remerciai le bonhomme et me dépêchai de déguerpir. J'atteignis le lieu indiqué en moins de dix minutes. Une musique de flonflons montait dans la chaleur grandissante, sucrée d'effluves de barbe à papa et de pommes d'amour. J'entrai sur le champ par un côté bordé de bottes de paille que diverses bestioles, lamas, dromadaire, zèbres, chèvres naines, picoraient sous les yeux de mioches excités. Un peu plus loin, dans une cage, un lion faisait les cent pas, indifférent aux cris aigus que poussaient devant Sa Majesté minable de plus jeunes bambins. Plusieurs roulottes et caravanes balisaient le chemin. Je passai devant la façade d'un train fantôme avant de m'approcher d'un manège valsant au son d'accordéons éraillés. De l'autre côté du champ fusaient les brouhahas d'adeptes d'autos tamponneuses. Mes yeux, à travers la foule, cherchaient un maillot vert et une jeune femme endimanchée. Une odeur de graillon me saisit à la gorge. Les gaufres, les chichis, les frites s'arrosaient de sucre glace ou de sauce américaine à profusion. J'avançais, quand m'apparurent devant un stand de tir à la carabine une haute stature nimbée de vert et une blanche silhouette élégante. Le gaillard qui se tenait à quelques mètres de moi visait cinq ballons virevoltant sans relâche dans une cage striée de barreaux serrés et prenait le temps d'ajuster son tir avant d'appuyer sur la détente. Chaque fois que le ballon éclatait, la demoiselle bondissait en tapant des mains. Joseph en était à son dernier coup. Maud se colla contre son épaule. Il la repoussa doucement avant de respirer. L'éclat de la baudruche coïncida avec l'explosion de joie de la jeune femme. Joseph la souleva de terre et la fit tournoyer en l'embrassant. Dans la volute de leurs corps enlacés, nos yeux se croisèrent une fraction de seconde et j'eus l'impression d'un coup de sabre bleu fendant ma carcasse. Joseph attrapa un gros ours en peluche et l'offrit à sa fiancée en l'entraînant d'un bras protecteur à l'opposé de mon cadavre. Je m'étais cru plus fort que je ne l'étais. Je les regardai s'éloigner.

Ne m'en veuillez pas, Margot, de m'appesantir sur des détails qui n'ont sans doute pas grand intérêt pour vous. Mais en vous écrivant, c'est comme si le film du passé se tournait de nouveau sous les ordres d'un metteur en scène scrupuleux à rejouer chaque plan à l'identique. C'est donc ainsi que ma deuxième rencontre avec votre père se déroula, inutilement penserez-vous puisque nous n'avons échangé aucune parole. Joseph m'était apparu vivant et heureux. Cela aurait dû me suffire et j'aurais pu rentrer chez moi, allégé de quelque chose que maintenant encore je ne sais pas nommer. Mais les démons ne se rassasient pas à si bon compte. Le mien ne goûta guère d'apaisement plus d'une heure. Sur la route du retour, au cours de laquelle Jacek respecta mon silence, je sentais combien ma démarche était inachevée. Qu'aurais-je dû entreprendre ? Me présenter à Joseph et laisser faire le destin ? Auparavant oui, certains jours, j'aurais voulu en finir de n'importe quelle façon, fatigué de me porter. Désormais, j'avais une famille, un petit garçon, une femme au sourire balsamique, qui devaient toujours ignorer l'homme que j'avais été. Et puis, qui sait ? Joseph m'avait peut-être reconnu dans l'éclat de seconde où nos regards s'étaient croisés. En outre, j'avais donné mon nom à son beau-père. Pourquoi pas ma carte d'identité, pendant que j'y étais ? Volonté inconsciente de jouer avec le feu ou de le voir s'éteindre ? Dans les jours qui suivirent, je pris mille précautions de lâche. Je cédai officiellement mes parts du garage à Jacek, effaçant du même coup mon nom de sa propriété. C'est ainsi qu'il devint le garage Piotrowski, exclusivité du Polonais, selon la rumeur publique. Bien entendu, nous ne changeâmes rien à nos habitudes de travail. Jacek acceptait tout ce qui pouvait m'aider à survivre. Je tremblais de voir débarquer certains commissaires à mon domicile ou devenir la cible d'un procureur comme ce serait le cas bien des années plus tard pour Gustav Schlüter. Heureusement, nous n'en étions pas encore à l'heure d'internet grâce à quoi un Joseph inquisiteur aurait pu s'enquérir d'un journaliste nommé Josef Arbogast, désireux de louer sa maison assassinée. Rien n'arriva, ni courrier ni gendarmes. Il ne me restait plus qu'à vieillir, coincé dans ma carcasse tremblante.

Je vais donc passer sur plus de vingt autres années balafrées de loin en loin de douleurs indicibles. En 89, le Mur tomba, Jacek respira. Nous avions soixante-deux ans et ressemblions à deux vieux cailloux dont le cœur cogne au ralenti. Friedrich avait une fiancée, une Gabriela, charmante et rangée comme une vieille fille. Ce garçon n'avait jamais pris le temps de s'amuser. Sérieux comme un pape, il songeait à se caser. Lui qui n'avait pas eu à se plaindre d'une adolescence détournée, au lieu d'en remontrer à son père par des péchés qu'on dit de jeunesse, il s'appliquait à lui ressembler, quand on dit que les fils s'ingénient à faire le contraire de leur paternel ! Je ne trouvais rien à lui dire, je n'avais rien connu de festif à son âge. Ces deux-là étaient de jeunes vieux quand l'heure venait où l'Europe pouvait prétendre à un enthousiasme encore juvénile. Il me semble qu'à sa place j'aurais parcouru les capitales, traversé les frontières qui n'en étaient plus, arpenté la Grèce, l'Italie, bu du vin du Portugal et de la bière de Dublin. J'aurais vu Prague ou Séville, Amsterdam ou Florence et surtout Paris. Mais non, il n'y avait rien du légionnaire en lui, rien qu'une envie de sécurité bourgeoise. J'avais engendré un quinquagénaire de vingt ans. En 1991, il se maria, tranquille comme un benêt, accrochant son bras à celui de Gabriela, pas plus décidée que lui à tendre vers des horizons palpitants. Ils se refermèrent l'un sur l'autre, cerclant leur univers dans une petite maison proche de la nôtre, elle-même entourée d'un jardin prévisible. Mais un miracle se produisit. L'année suivante, Julia vint au monde. Ma petite fille. Mon soleil. Ma lune. La lagune de mes vieux jours rêveurs. Dès que je vis sa frimousse roussette, quelque chose d'inconnu vibra en moi. Une émotion. Un partage. Une reconnaissance de deux âmes en miroir. Je veux parler, pour ce qui me concerne, de cette âme enfouie, lisse comme l'eau d'un étang que rien ni personne n'a jamais troublée. Mon âme de petit garçon, d'avant les années noires. Avant Julia, j'ignorais qu'elle fût encore présente et vivante, en ma poitrine, en mon cœur, en mon esprit, que sais-je ? J'étais celui qui la regarde, d'yeux étonnés qu'une si petite chose pût respirer le parfum de l'air et sourire dans son sommeil. Si j'y réfléchis, il me semble que mon attendrissement tenait au fait que Julia était née fille. Le chaos par elle jamais n'aurait de prise sur le monde. C'était confus, mais évident dans ma cervelle de soldat au rebours. Les filles ne naissent pas pour détruire. Ses petits doigts chatouillant sa peluche promettaient des douceurs. Je ferais tout pour qu'elle attire sur moi les étoiles invisibles qui semblaient tourner, dansantes, au-dessus de son berceau. Julia, la seule vraie joie de mon existence. De l'avoir connue, ma vie ne fut pas vaine.

Pour revivre, il fallait que quelque chose meure. Ce fut la moitié de ma chair partagée, mon fils, le ruisseau apaisé de mes jours intranquilles. Le 2 décembre 1994, alors que le temps s'était refroidi, Gabriela et Friedrich, revenant d'une soirée, se tuèrent au volant de leur voiture. Dans un virage surplombant un ravin de trente mètres, leur véhicule dévala la pente en tonneaux, sans que rien, ni arbre ni pierre, n'arrête sa course désarticulée. C'était un de ces rares soirs où s'autorisant une escapade, ils avaient laissé Julia à notre garde. Magda et moi prîmes dans nos bras dévastés notre petite-fille de deux ans et la serrâmes comme une poupée. Désormais, elle vivrait avec nous, éclaircie dans notre ciel inondé de larmes innommables.

Au début de l'été 1997, tandis que nous sirotions un frais vin blanc moelleux sur la terrasse, Jacek, qui avait vendu le garage depuis trois ans seulement et habitait l'ancienne maison de son filleul, portant loin son regard fatigué, semblait vouloir noyer sa vieillesse dans le crépuscule orangé. Magda s'affairait en cuisine et derrière nous, la voix de Julia intimait à ses poupées des ordres joyeux de petite maman. Le soir s'annonçait sublime. Renversés dans nos fauteuils, nous le goûtions dans un même silence évasif. Tout à coup, sans que je n'aie rien deviné d'une faille intime, Jacek m'abandonna comme une évidence : à des êtres tels que nous, la beauté du monde devrait être épargnée. Il y avait de la tristesse dans sa voix, quelque chose de défait. L'horizon incendié avalait toute espèce de vaillance, l'heure était à la contemplation. Je regardai mon vieux compagnon, je lui souris. Nous étions cueillis, poussières d'une lumière finissante, par le balayage d'un pinceau de feu sur une toile infinie. Il n'était plus indispensable de vivre. Se laisser aller pouvait être une issue favorable. Je ne compris pas sur l'instant à quel point Jacek voulait, au pied d'une nue trop grande pour son âme, déposer son fourniment. Le soldat en lui avait posé genou en terre. Il s'offrit tout entier à la défaite dans la nuit qui suivit. Je le retrouvai pendu chez lui au petit matin. Rien ne me crucifia plus que d'être abandonné par la seule personne au monde qui, j'en suis convaincu, n'avait jamais respiré un autre air que le mien. J'aurais pu le suivre dans son obscur voyage. J'aurais dû ne pas lui survivre. Mais une petite fille chantait quelquefois dans mon dos et *ein Kind unter den Linden* devait une dernière fois planter son regard dans le mien, là-bas, en France, du côté de Maillé.

Je ne sais s'il était écrit que je devais revoir Joseph tous les vingt-cinq ans. Au fait, l'ultimatum était quelque peu dépassé. La fin de Jacek occupait sans cesse mes pensées. Elle m'annonçait l'heure imminente de ma propre mort. Je veux dire par là que mon avenir se résumait à une poignée d'années que je ne pouvais laisser filer sans mettre un point final au désordre intérieur, dictateur de ma vie entière, semble-t-il. Revoir Joseph encore une fois, juste pour m'assurer d'une palpitation qui me survivrait, devint une obsession. Je me persuadai de l'acquiescement moral de Jacek pour cet ultime projet. Une phrase, suggérée par mon envie de l'entendre réellement ou bien susurrée dans mon sommeil, revenait comme un leitmotiv. Retourne sur tes pas, Josef, va répandre sur la terre que nous avons meurtrie mes cendres inutiles. Présentant à Magda, cette pseudo dernière volonté de Jacek, je partis un matin, le cœur encharbonné, une urne sous le bras, sous un soleil d'août scandant son refrain de plomb.

Je n'eus pas l'indélicatesse d'ouvrir l'urne sur le sol de Maillé, quoique que cendres sur cendres eussent pu être un symbole d'humilité. Mais cette vertu ne fut la grâce ni de Jacek ni de moi-même, car, la possédant, depuis longtemps nous nous serions rendus, dénoncés, abaissés pour une rançon minimale. Nous nous sommes contentés d'attendre comme des mouches minuscules suspendues dans l'arantèle d'une araignée impitoyable. Cependant, Jacek n'avait connu d'autre amitié que la mienne, je me devais de la lui témoigner encore. J'allai sur les bords de la Vienne, à L'Île-Bouchard toute proche, où la rivière coule amoureusement à deux pas d'un sanctuaire ardent. Je confiai à l'onde le repos de mon ami et le regardai naviguer vers La Loire, puis l'Océan, l'imaginant rouler dans le ressac et mêler à la houle sa voix d'enfant perdu. Lorsque je ne distinguai plus rien de ses arabesques sur la surface des flots, j'enfouis l'urne dans la vase profonde comme une chambre immergée entre lui et moi, une chambre d'amour dans la boue. Gageons qu'elle y est encore. À bientôt frère.

À Crouzilles, le panneau avait changé. On y lisait : « Domaine de l'Épine, Maud et Joseph Delépine, vins de Chinon A.O.C, Chambres d'hôtes, Ouvert toute l'année ». Ainsi Joseph avait-il endossé la direction viticole et Maud, car l'idée ne pouvait venir que d'elle, ouvert le domaine aux visiteurs. Vous deviez avoir vingt-cinq ans, Margot, et sans doute travailliez-vous avec vos parents, puisque vous êtes devenue la vigneronne que l'on sait et hôtesse à la suite de votre mère. Mais je ne vous vis pas en ce mois d'août 97, ni même Maud, sans doute retenue à l'intérieur de la maison de maître qui est désormais la vôtre. À mon arrivée, je ne cherchai pas à dissimuler ma voiture comme je l'avais fait la dernière fois. J'avais le cœur si lourd que j'acceptais par avance tout ce qui pourrait m'arriver ce jour-là. J'espérais même un dénouement fatal au cas où Joseph cette fois me reconnaîtrait. M'identifiant, il aurait pu appeler les gendarmes, imaginais-je, ou se venger en me cassant la gueule avant de me dénoncer ou même, pourquoi pas, sortir un fusil de chasse. Je décidais de ne rien défendre, mais de ne rien provoquer non plus. Juste le voir vivre, une dernière fois.

Un groupe de touristes se présenta pour la visite du chai. Je me mêlai à eux, un peu en retrait, mais ne quittant pas Joseph des yeux, tandis qu'il expliquait l'origine des cépages, la fabrication de ses vins et vantait une cuvée nouvelle qui plus tard obtiendrait ses lettres de noblesse, la cuvée Tufelle. Il était devenu un homme de plus de soixante ans, que le travail et les années auraient dû commencer de courber. Il n'en était rien. Il portait haut sa stature d'homme honnête et sa voix, en écho sur les parois de tuffeau, avait des accents profonds et graves. Je me remémorai le petit garçon de huit ans et sans mal, je le retrouvai dans le sexagénaire, pressentant qu'il avait, sa vie durant, gardé ses qualités vitales, une énergie singulière, un feu intérieur qui me l'avaient fait admirer sous un tilleul pacifique. J'aurais aimé que nous fussions amis. Me vinrent incongrûment à l'esprit les vers d'Aragon, reprenant les mots de Manouchian, dans ses « Strophes pour se souvenir », en hommage aux immigrés résistants : « Et c'est alors que l'un de vous dit calmement / Bonheur à tous, bonheur à ceux qui vont survivre / Je meurs sans haine en moi pour le peuple allemand ». Oui, j'avais lu cela aussi et, à ce moment précis, j'aurais vraiment aimé que la poésie sauve le monde. Mais ce sont les actes et non les mots qui sont les maîtres de son salut. J'écoutais Joseph répondre à la question d'un visiteur. Oui, c'est ma fille Margot qui va me succéder. C'est à elle qu'on doit la cuvée Tufelle. Elle sera une grande viticultrice. La fierté dans sa voix m'atteignit comme s'il se fût adressé à moi de façon exclusive. Je souris sans le montrer. Moi aussi, j'avais une fille, une petite fille, orgueil de mes vieux jours. Dans leurs mains féminines, nous pouvions déposer nos douleurs. Elles les transformeraient en joies inconnues. Une dégustation suivit la visite et je demeurai derrière les amateurs de blanc, de rouge, de jeunes ou de vieilles vignes, de pétillant aussi. On me servit un verre de la Tufelle. Votre cuvée me réchauffa, Margot, comme un grenat incandescent. Est-ce l'irradiation prolongée de ses arômes en moi qui me donna le courage de rester, après que tous eurent passé commande de caisses de six et eurent disparu les uns derrière les autres ? Je demeurai seul, séparé de Joseph par un comptoir en bois sur lequel il inscrivait les montants cumulés des factures. Je lui commandai deux cartons sans qu'il m'accorde une attention particulière. J'étais le dernier client. Il sortit quelques instants pour quérir mes douze bouteilles que je réglai de plusieurs billets posés l'un sur l'autre. Il revint, un diable dans les mains supportant les cartons. Il se faufila de nouveau derrière son comptoir. Après avoir tamponné une nouvelle feuille, il s'empara d'un feutre et me demanda : À quel nom la facture ? Josef Arbogast, annonçai-je sans trembler. Le stylo s'arrêta en l'air. Lentement, il releva la nuque puis les épaules, et me fit face. Ses yeux se plantèrent dans les miens et leur bleu sombre, presque gris, ligota mon regard. Aucune parole ne nous vint. Longtemps, il m'observa. J'étais un vieux monsieur sans épaisseur et lui, un géant de huit ans. Le sang semblait s'être retiré de son visage, ses paupières ne cillaient pas. Il respirait à peine. Au bout d'un temps qui me parut durer une heure, sans me dénouer des yeux, il demanda : Pourquoi ? et le mot rebondit sans fin entre nous. J'inspirai lentement. Au lieu de lui répondre, je présentai mes deux mains, paumes ouvertes vers lui. Je secouai la tête. J'aurais voulu tant lui dire et rien, pas même un cri d'agonie, ne monta à mes lèvres. Il ne fit aucun geste. Tout à coup, l'auréole verte d'un tilleul embrassé de splendeur emplit la pièce d'une soudaine lumière. Une seconde de vertige, une fulgurance magnifique. Aussitôt, je me détachai de ce cercle magique et je m'enfuis, laissant derrière moi l'enfant, l'adulte, le vieil homme. Les cartons restèrent où ils étaient, l'argent ne bougea pas, et Joseph, dans l'indigo d'une émeraude éclatée, se confondit à jamais dans un passé, un présent, un avenir, suspendus.

Peut-on pardonner à Hitler ? La question est scandaleuse. La poser, c'est faire injure aux morts, aux déportés, à leurs familles. Mais ne pas la poser, c'est faire de la paix une utopie. J'en suis là de mes réflexions. Je ne demande rien pour moi-même. J'ai porté mon crime en bandoulière. Ne revenez pas, Margot, aux deux premiers mots de cette lettre. Je les ai écrits pour ne pas rompre le fil entortillé entre l'âme de Joseph et la mienne. Toutes ces dernières années se sont passées à regarder Julia devenir femme. J'ai perdu la mienne il y a dix ans, d'un cancer. Ils sont morts, les meilleurs que moi. Ma vie fut un radeau à la dérive. Il n'y a pas lieu de se pencher sur ma misère. À mon âge, je n'ai plus qu'à endosser mon squelette. Mais avant de partir, écoutez mes dernières pensées. J'ai tout su de Maillé et de vous par Internet. J'ai compulsé tout ce qui a été publié. C'est alors que je me suis rendu compte que j'avais appris le français non pour échanger avec Joseph, mais avec vous. Lorsqu'il y a trois mois, j'ai lu l'avis de décès de votre père, j'ai compris que tout était fini ou presque. Presque, car vous, ma lectrice, détenez un ultime pouvoir. Celui d'écrire la suite de cette missive. Julia, qui est traductrice au Parlement de Strasbourg, m'a fait part de son désir de visiter les Châteaux de La Loire. Je ne l'accompagnerai pas. Jamais je ne serai un touriste sur votre terre. Mais je lui ai indiqué votre domaine comme lieu d'accueil possible. Elle ignore tout du passé de son grand-père. À l'heure qu'il est, un souhait de réservation en ligne a dû vous parvenir. Y répondre, d'une façon ou d'une autre, sera résoudre enfin cette question trois fois posée : suis-je encore un homme ?

Adieu, Margot, fille de Joseph.

La seule demande de pardon qui me vient est d'avoir, par l'entremise du récit de ma vie, généré des images que votre mémoire n'effacera jamais. Tout à vous malgré tout.

Josef Arbogast

Épilogue

Trois jours plus tard.

domainedelepine@.com
Objet : Réservation

Frau Julia Arbogast,
C'est avec obligeance que, selon votre demande, je vous réserve une chambre au domaine de L'Épine du 21 au 30 juin prochains selon les conditions annoncées sur le site.
À votre arrivée, je vous proposerai une dégustation des différents vins du domaine, particulièrement celui qui en fait sa renommée, la cuvée Tufelle.
Si vous le désirez, je vous présenterai les principaux sites remarquables de notre région chargée d'histoire, afin que votre séjour soit le plus intéressant possible.

Au plaisir donc de vous rencontrer bientôt.
Margot Delépine

P.S : Merci d'avoir rédigé votre courriel en français. J'aurais eu toutes les peines à le déchiffrer dans votre langue. Je compte que vous accepterez de m'apprendre quelques mots d'allemand afin de remédier modestement à mon ignorance.

Bien à vous.
M.D

Chinon, 18 mars 2024
Veille de la Saint- Joseph

Remerciements

Ma reconnaissance va à Romain Taillefait, directeur de la Maison du Souvenir à Maillé, dont on trouvera ci-après les références, et à Catherine Thévenet, auteure avec qui j'ai partagé, entre autres, nombre de Printemps des Poètes, pour leur lecture attentive, leurs remarques avisées et la bienveillance avec laquelle ils ont reçu ce texte.

Sources

- **Maison du Souvenir, 1 rue de la Paix, 37800 Maillé**
- *Maillé 25 août 1944 du crime à la mémoire* Sébastien Chevereau Éditions Sutton
- *Maillé Martyr* Abbé André Payon Maison du Souvenir de Maillé
- *Nous étions une famille heureuse* Serge Martin Entretiens avec Romain Taillefait Éditions LAmarque
- *Maillé J'avais 5 ans…* Jean Baillargeat Éditions Alan Sutton
- Le Point, « Horreur nazie ; le massacre oublié de Maillé, village martyr », le 25/08/2023 Guilherme Ringuenet,
- La Nouvelle République, « Massacre de Maillé, cette précieuse archive dénichée à Châtellerault » le 22/ 12/2018

- Éditions électroniques, Fondation de la Résistance, *Histoire et Mémoire d'un Massacre, Maillé Indre&Loire* par Sébastien Chevereau et Luc Forlivesi
- *Götz von Berlichingen*, Jean-Claude Perrigault & Rolf Meister, Éditions Heimdal 2006
- Fortitude, « Le Massacre de Maillé » le 8/9/2022 Matthieu Mugneret
- Passionmilitaria, *Passage de la 17ᵉ SS « Götz von Berlichingen » en Touraine*
- GEO, « Le Massacre de Maillé, un crime nazi passé sous silence pendant cinquante ans », le 24/08/2022 Émeline Férard,
- Normandie-1944, « L'été de la Liberté » Canalblog
- 17ᵉᵐᵉ Division SS Götz Von Berlichingen de Adolf Hitler, Centerblog publié par rol-benzaken
- *Le Forum du Front de l'Est*
- Encyclopédie multimédia de la Shoah, « Les Jeunesses hitlériennes »

- GEO, « Nazisme : Comment ils ont formaté la jeunesse », le 13/06/2016 Léo Pajon,
- *Max*, Sarah Cohen-Scali, Éditions Gallimard Jeunesse, 2012
- Aragon *Le Roman inachevé* Éditions Gallimard
- Éluard *Derniers poèmes d'amour* Éditions Seghers

© Dany Lecènes, 2024
Édition : BoD • Books on Demand GmbH,
In de Tarpen 42, 22848 Norderstedt (Allemagne)
Impression : Libri Plureos GmbH, Friedensallee 273,
22763 Hamburg (Allemagne)
ISBN : 978-2-3224-7781-4
Dépôt légal : Octobre 2024